KB128152

◆좌충우돌◆
그리스
인턴 생존기

좌충우돌 그리스 인턴 생존기

초판 1쇄 발행 2021. 8. 17.

지은이 김수정
펴낸이 김병호
편집진행 임윤영 | **디자인** 정지영
마케팅 민호 | **경영지원** 송세영

펴낸곳 주식회사 바른북스
등록 2019년 4월 3일 제2019-000040호
주소 서울시 성동구 연무장5길 9-16, 301호 (성수동2가, 블루스톤타워)
대표전화 070-7857-9719 **경영지원** 02-3409-9719 **팩스** 070-7610-9820
이메일 barunbooks21@naver.com **원고투고** barunbooks21@naver.com
홈페이지 www.barunbooks.com **공식 블로그** blog.naver.com/barunbooks7
공식 포스트 post.naver.com/barunbooks7 **페이스북** facebook.com/barunbooks7

· 책값은 뒤표지에 있습니다. ISBN 979-11-6545-474-6 03810

◆ 좌충우돌 ◆

그리스 인턴 생존기

김수정 지음

바른북스

목차

1장

우리 학교를 소개 합니다

2장

인턴 준비

3장

그리스는 어떤 나라 일까?

4장

코트라 인턴의 하루

5장

궁금했던 부분

1장

우리 학교를 소개합니다

한국외대 그리스·불가리아학과를 지망하게 된 계기

나는 어릴 때부터 막연하게 무역 관련 일을 하는 사람이 되고 싶었다. 아버지께서 무역 관련 일을 하셨기에 출장을 굉장히 자주 다니셨고 그때마다 어딜 그렇게 다녀오시는 것인지 궁금해했다. 또, '무역'이 무엇인지 엄청나게 자주 여쭤보곤 했는데, 어렸을 때라 그런지 매번 설명해 주셔도 무역이라는 개념에 대해 100% 정확하게 이해하지 못했다. 아버지의 영향과 맞물려 나는 자연스럽게 무역에 관한 관심과 호기심을 키워갔다.

또한, 나는 어렸을 때부터 다양한 나라의 사람들과 만날 기회가 많았다. 여러 나라를 여행하기도 했고 방학 때마다 각종 어린이 캠프에 참석해 새로운 사람들을 만나기도 했다. 캠프에서 만나게 된 외국인들과 소통하고 친구가 되는 과정이 너무나 즐거웠다. 지금까지 내가 사용하던 한국어뿐만 아니라 다양한 언어들로 대화를 나누고 친구가 될 수 있다는 것이 너무나 매력적이었고, 더 많은 사람과 소통하기 위해 새로운 언어를 배우는 것도 당연히 좋아하게 되었다.

이후 고등학교에 진학해서는 세계 지리라는 과목을 공부했다. 세계화가 되어 가고 있는 세상을 대상으로 한다는 것이 흥미로웠고, 국경을 벗어나 세계적 공간 스케일에서 이루어지고 있는 것에 대해 더 알고 싶어졌다. 그러기 위해선 인문적인 요소에 대한 이해가 반드시 필요하다고 느껴졌다.

이러한 시간들을 보내며 나는 다양한 사람들과 커뮤니케이션하며 무역 흐름에 대해 깊이 있는 공부를 하기 위한 목표를 설정해야겠다고 생각했다. 내가 좋아하는 언어 공부도 놓치고 싶지 않았고 동시에 지역학을 다루면 좋겠다고 생각했다. 이후 국제 통상까지 복수 전공한다면 더할 나위 없이 좋을 것 같았다. 여러 분야 중에서도 내가 가장 관심이 갔던 서양 문명에 대해 전문적으로 공부하고 싶었고, 서양 문명의 근원인 그리스에 대해 공부해야겠다 마음먹었다.

내가 그리스 학과를 목표로 고려하려 했을 시기는 유럽이 경제 위기에 빠졌을 때였다. PIGS(포르투갈, 이탈리아, 그리스, 스페인)에 속한 국가들은 특히나 경제 상황이 어려웠고, 그리스는 디폴트를 선언하기 직전이었다. 이 때문에 내가 그리스 학과를 지원하겠다 했을 때, 많은 주변 사람이 현 상황이 좋지 않은 나라의 언어와 문화를 배워서 뭘 할 거냐는 우려를 보냈었다.

당시 그리스의 디폴트 위기를 보면서 '다른 유럽 국가들도 디폴트를 선언한 적이 있을까?'라는 의문을 스스로에게 던졌고, 이에 대해 조사하며 유럽의 많은 국가가 1800년부터 지금까지 평균 대략 3.5번 정도 디폴트를 선언했다는 것을 알 수 있었다. 스페인이 13번으로 가장 많았고, 독일과 프랑스도 8번이나 디폴트를 선언한 전력이 있었다. 이에 반해 그리스는 5번인데, 이는 다른 유럽 국가들에 비해 꽤나 준수한 편에 속한 것이었다. 또 개인적인 생각으로 그리스가 디폴트를 선언하든 모라토리엄을 선언하든 결국에는 경제 체질을 바꿀 것이라고 보기도 했다.

이러한 생각을 확실하게 가지게 된 것은 아버지와 대화를 나누면서였다. 나는 세계 경제에 관심이 많았고 아버지와 종종 이에 대한 이야기를 나누곤 했다. 당시 유럽 내 사람들의 이동에 제한을 두고 영국이 유럽연합과 갈등 관계에 있다는 점과 영국만 유로화를 사용하지 않는다는 점을 바탕으로 영국을 시작으로 유럽연합의 결속이 약해질 수 있다는 점에 관해 토론했다. 나는 PIGS가 실제로는 영국, 독일, 프랑스보다 못한 경제 수준과 유럽연합이 제시한 기준에 못 미치는 경제 체질 그리고 큰 정부로 인한 고질적 비효율을 가지고 있음에도 유럽연합에 속해 있다는 점과 유로화로 통일해서 사용하는 점 등에 주목했다. 이를 바탕으로 노동인력이 선진국으로 몰림으로써 동유럽 국가들이 빈익빈을 벗어나지 못할 것이라는 점 그리고 이로 인해 경제 성장을 원하는 다른 국가들의 불만이 높아질 것이라는 점 등에서 유럽연합의 결속력은 약해질 것이라고 보았다. 만약 미래에 유럽연합의 결속이 약해지거나 와해된다면 결국에는 그리스가 경쟁력을 갖추기 위해서라도 경제 체질을 바꾸려는 노력할 것이고 그 모습이 제조업 및 정보산업 등의 확대 및 유치 등이 될 것이라고 예상했다. 만약 그렇게 된다면 우리나라와 그리스 간의 무역 범위가 지금보다는 넓어질 것이고 그때는 그리스 전문가가 필요하게 될 것이라는 게 나의 예상이었다.

그렇기에 아무도 그리스에 관심을 가지지 않는 당시야말로 그리스에 대해 배우고 준비해야 하는 적절한 시기라고 판단했다. 물론 내 예상대로 흘러가지 않을 가능성도 크지만 그래도 방향을 확실히 잡고 장기적으로 도전한다면 분명 그 분야에서 크게 성장할 수 있을 것이라고 보았다. 이러한 생각으로 인해 나는 더욱 그리스에 대해 관심을 가지게 되었고, 그리스어뿐만 아니라 문화, 역사, 정치, 경제 등 그리스에 대한 깊고 넓은 지식을 습득해 그리스 현지에 그 누구보다 능통한 사람이 되고 싶어졌다.

모나스티라키 광장(Monastiraki, Μοναστηράκι)

무엇을 배울까?

✦

'그리스 · 불가리아 학과'는 한국외국어대학교 글로벌 캠퍼스 국제지역 대학 소속이다. '그리스 · 불가리아'라는 학과가 우리나라에 있다는 것을 아는 사람들은 많지 않을 것이다. 어쩌면 처음 들어보는 사람들이 대부분일 수도 있을 것 같다. 우리나라 대학교에 많은 어문 학과가 있지만 그중 그리스 학부는 우리나라에 있는 유일한 그리스어 전문 교육 기관이다. 그리스어뿐만 아니라 문화, 역사, 정치, 사회, 경제, 예술 등 그리스에 대해 깊이 있는 견문을 쌓을 수 있음은 물론이고 그리스에서 박사 학위를 취득하신 교수님들로부터 높은 수준의 강의를 수강할 수 있는 것이 큰 장점이다. 특히, 우리 학교는 현지 사람과 가장 유사한 발음과 화법으로 소통할 수 있도록 가르치는 데 중점을 두고 있기 때문에 회화, 작문, 강독 수업 모두 전 학년에 걸쳐 원어민 교수님의 수업을 통해 진행되고 있다. 대부분의 학생들이 가장 어려워하는 문법 수업은 한국인 교수님과 원어민 교수님이 함께 가르치신다.

생소한 언어를 배운다는 것이 설레기도 하고 낯설기도 할 것이다. 나 또한 여러 가지 목표와 설레는 마음을 가지고 있었는데, 막상 입학해 강의를 들으려 하니 두려움이 앞서기 시작했다. 그렇지만, 대학교를 다니는 4년 동안 학과 커리큘럼을 잘 이수하고 말겠다는 의지와 다양한 프로그램에 참여할 열정 등을 가지고 있다면 진입 장벽을 낮출 수 있을 것이다. 나는 일주일 중 많은 시간을 그리스어에 투자해 연습했고 일상 속에서도 자연스럽게 그리스어를 떠올릴 수 있도록 노력했다. 또 원어민 교수님들과 최대한 그리스어로 대화하려고 노력했다. 아직은 낯선 전공어를 최대한 나와 친숙하게 만들고 나의 일부가 되게끔 만들었다.

주로 수업 시간에 그리스의 문화에 대한 부분이나 실제 생활 모습에 대한 부분을 다루곤 하는데, 전공 책 속에 나와 있는 설명만으로는 직접적으로 확 와닿지 않을 때가 종종 있었다. 한 번은 그리스식 커피를 만드는 방법과 재료에 대해 자세히 나온 단원이 있었는데, 텍스트와 그림으로만 이해하려다 보니 우리나라의 일반 커피와 어떤 부분이 다른 것인지는 대강 알겠으나 무언가 확 와닿질 않았다. 다음 수업 시간 때 교수님께서 우리를 위해 실제로 커피를 만드는 데 필요한 각종 도구와 재료를 가져와 앞에서 직접 제조하는 모습을 보여주셨고 그제야 책 속의 단원에서 무슨 대화를 나누고 우리나라와의 제조 방식과는 무엇이 다른지에 대해 더 잘 이해할 수 있었다. 거기서 그치지 않고 교수님께서는 그리스에서 유명한 아동 교육용 영상을 틀어주시기도 했다. 교수님들께서는 학생들이 끊임없이 그리스에 대한 관심과 흥미를 키워나갈 수 있게끔 다양한 방법을 활용하셨다. 나는 이렇게 차근차근 그리스와 더 친해질 수 있었다.

그뿐만 아니라 그리스 문명에 대해 더 알아가고 싶은 것이 있다면 전공 수업이 아닌 교양 수업을 통해서도 배울 수 있었다. 그리스는 서양 문명의 뿌리이자 근원이기 때문에 웬만한 서양 문화와 관련된 교양 수업을 골라 수강하면 그리스에 대한 내용을 조금이라도 다룰 수 있었다. 어떠한 관점에서 바라보든 그리스는 이렇게나 큰 존재이자 중요한 국가였다.

그리스 아라호바(Arachova, Αράχωβα)

나는 아테네에서 인턴 프로그램을 마친 후 그리스에 대한 애정과 관심도가 더더욱 높아졌다. 그리스에 다녀오기 전에는 건축 양식이나 예술, 문화 등에 관심이 치우쳐져 있었는데, 인턴 프로그램 동안 그리스에서 생활하며 그들과 함께 지내다 보니 그리스인들의 정체성과 의식에 관한 구성 요소들에 대해 더욱 궁금해졌다. 또한, 여행하며 내 눈으로 직접 본 유적지들은 너무나 경이로웠고 어떠한 역사적 배경 속에서 설계되었던 것일지 알고 싶어졌다. 이후 나는 건축 양식, 예술과 더불어 역사와 철학적인 부분에도 관심을 가지게 되었고, 한국으로 돌아가서는 그리스와 관련된 수업을 꼭 다양하게 수강해야겠다고 생각했다. 기존에 내가 신청하려 했던 수업 외에 배워보지 않은 또 다른 분야의 수업들을 찾아서 열심히 수강하고자 했다. 그리스 관광, 그리스 번역 등 그리스에 다녀온 내가 자신 있어진 분야는 물론이고, 새롭게 생겨난 관심 분야인 역사와 철학을 다루는 과목들도 신청했다. 그중에서 '서양사의 이해'를 선택해 수강했는데, 그리스뿐만 아니라 그리스 주변 국가들의 역사와 철학적인 부분까지 함께 다루다 보니 더 다양한 시각에서 바라보며 풍부하게 공부할 수 있었다. 무엇보다도 서양사의 전체적인 흐름을 타고 공부할 수 있어서 굉장히 만족스러웠다. 특히, 헬레니즘과 헤브라이즘을 배우며 인간의 본질에 대해 생각해 볼 수 있었고 나 자신을 다시 한번 돌아보는 시간을 가지기도 하며 즐겁게 공부했던 기억이 있다. 실제로 그리스 현지에서 생활하며 보고 느낀 것들을 바탕으로 수업을 들으니 그리스를 바라보는 시각과 마음가짐이 또 한 번 달라질 수 있었다고 생각한다. 그리스 영화 하나를 보더라도 영화 속 장면들을 더욱 생생하게 그려낼 수 있고, 전공 책 속의 그리스 음식을 맛본 적이 있으니 공감할 수 있는 부분들이 많아져 배움이 더 즐거웠다.

그리스 자킨토스(Zakynthos, Ζάκυνθος)

그리스 나프폴리오(Nafplio, Ναύπλιο)

그리스 델피(Delphi, Δελφοί)

우리 학교에는 대학 수업 외에도 그리스 현지에서 그리스어와 그리스 문화를 배울 수 있는 어학 프로그램들이 있고, 그리스 현지 기관에 파견 실습생으로 나가 근무 소양을 기를 수 있는 다양한 인턴 프로그램들이 존재한다. 어학 프로그램부터 인턴 실습까지 그리스 현지에서 직접 경험할 수 있는 많은 기회가 있는 것이다. 학과 프로그램 외에도 다양한 학교 연계 프로그램들이 있기 때문에 누구보다 현지 경험을 쌓을 수 있는 기회가 많다고 생각한다.

그리스학을 전공하기 위해 준비해야 할 것

+

그리스에 대한 전문 지식을 갖추는 것은 학부에 입학해 차근차근 시작해도 충분하다. 가장 첫 번째로 해야 할 일은 내가 왜 그리스를 선택했는지, 왜 그리스여야 하는지부터 시작하는 것이다. 나는 고등학생 때부터 세계 여러 나라에 대한 관심을 키우면서 그리스에 대해 장기적으로 도전하고자 하는 마음이 있었다. 누구보다 그리스 현지에 능통한 사람이 되고자 했기 때문에 간절한 마음도 있었다.

그렇기에 무엇보다도 그리스에 대한 관심과 애정 그리고 배우고자 하는 열정을 가지고 있다는 것을 보여주는 것이 중요하다고 생각한다. 관심을 가지고 있다는 것을 어필할 수 있는 가장 좋은 방법 중 하나는 그리스의 현 상황에 대해 디테일하게 파악하고 있는 것이다. 그리스에 관한 최근 이슈들에 대해 공부해 두는 것이다. 나는 매일매일 검색 포털에 '그리스'를 입력 후 최신순으로 정렬해 그리스의 근황을 지속적으로 모니터링했다. 기사나 칼럼을 스크랩해 요약하고 나의 생각을 간단하게 정리해 두었다. 또 우리나라와 그리스 양국간 어떠한 상호 교류가 있었는지도 찾아보았다.

그리스 관련 서적을 읽는 것도 추천한다. 어떤 장르이든 관계없이 그리스와 관련된 서적이라면 모두 도움이 될 것이다. 소설, 역사, 사진집, 관광 등 오히려 여러 장르를 통해 그리스의 다양한 매력을 느낄 수 있기 때문에 이보다도 더 좋은 경험은 없을 것이다.

특히 여행 가이드 같은 관광 서적의 경우 그리스 현지에 대한 지식이 없고 처음 방문하는 사람들을 타깃으로 한 서적이기 때문에, 그리스에 관한 정보라면 어떠한 것이든 받아들일 준비가 된 사람들에게 안성맞춤일 것이다. 그리스의 지형적 특징들과 유적지, 그와 관련된 역사 등에 대해 안내되어 있어서 사진 자료를 보며 빠르고 간편하게 그리스에 대해 파악할 수 있을 것이다.

문학 소설을 통해 그리스인들의 삶을 느낄 수도 있다. “그리스인 조르바”와 같이 그리스 소설 하면 단번에 떠오르는 책들이 있다. 자유로운 영혼의 소유자 조르바의 이야기를 통해 크레타 섬에서 일어난 에피소드들을 읽다 보면 당장이라도 크레타가 어떤 곳인지 궁금해질 것이다. 책 속의 그리스 모습을 상상하며 빠져들다 보면 그리스에 대한 관심과 호기심이 저절로 커질 수밖에 없을 것이다.

그리스 관련 서적

영화 감상도 좋다. 영화 관람이야말로 그리스의 풍경과 모습들을 생생하게 보기 원하는 사람들에게 딱 맞는 방법이다. 어렸을 때 영화 '맘마미아'를 영화관에서 재미있게 본 기억이 있어 종종 다시 찾아보곤 했다. 그리스 하면 떠오르는 대표적인 하얗고 푸르른 색감과 더불어 뮤지컬 영화였기에 그리스 바닷가 특유의 밝고 활기찬 느낌을 전달받을 수 있는 통통 튀는 영화이다. 여러 번 볼 때마다 미처 발견하지 못했던 디테일을 볼 수 있어 좋았다. 나 역시 그리스 하면 여름과 태양 그리고 바다를 빼놓고 얘기할 수 없다고 생각한다. 내가 그리스에서 보았던 환한 태양빛에 반사된 푸른 바다도 영화 속 한 장면처럼 굉장히 아름다웠다. 아름다운 그리스의 바다와 색감을 감상하고 싶다면 영화 '맘마미아'를 다시 한번 더 감상해 보는 것도 추천한다.

나는 대학교 수업 시간 때 다른 장르의 그리스 영화를 처음 접했다. 영화 '나의 사랑, 그리스'였다. 경제 위기에 빠진 그리스에서 영화 속 인물들의 사랑과 아픔을 느낄 수 있는 영화였다. 각자 다른 상황 속에 놓여 있는 주인공들이 상처를 보듬어 주는 사랑 이야기가 매우 흥미진진하다. 한편으론, 그리스의 사회 문제를 잘 담아냈기 때문에 최근 이슈들에 대해 생각해 볼 수 있는 시간을 가질 수도 있었다. 또한, 그리스 하면 주로 떠오르는 환하고 푸르른 색감에 대비되는 비교적 어둡고 채도 낮은 색감을 활용해 영화 속에서 그리스 이면에 감추어진 문제점들을 보여주고 있다는 생각이 들었다. 생기 넘치는 그리스만 알고 있던 나는 이 영화를 통해 기존과는 다른 시각으로 그리스를 살펴볼 수 있게 되었고 그리스를 비롯한 유럽의 난민 문제와 경제 위기에 대해 다시 한번 생각할 수 있었다. 또, 영화 속에서 주인공들의 일상적인 모습이 많이 등장하는 것을 볼 수 있다. 동네 골목길이나 마트, 일반 가정집의 모습들을 주로 볼 수 있는데, 실제로 그리스에 도착해서 바라본 그리스의 모습과 영화 속 장면들이 굉장히 비슷해 놀랐던 기억이 있다.

그리스 관련 영화

2장

인턴 준비

해외교류 프로그램

✦

한국외대의 가장 대표적인 해외교류 프로그램은 '7+1 파견 학생 제도' 프로그램이다. 한 학기 동안 해외의 지정된 어학당 중 한 곳을 선택해 학과 수업을 수강하는 프로그램이다. 그 나라의 대학생처럼 어학당 수업을 들을 수 있는 프로그램으로, 학기 인정이 되는 아주 유용한 프로그램이다. 어학당 수업으로 학기 인정을 받기 위해선 각 대학 내부 규정대로 수강 후 출결 점수를 충족해야 인정이 된다. 다른 인턴 프로그램처럼 직장에서 근무하는 것이 아니라 정말로 내가 원하는 수업을 듣고 공부하면 된다. 그렇기에 학생들에게 심적으로나 체력적으로 부담감이 적고 여가 시간을 보내기에도 딱 좋다. 해외에서 여유를 즐기며 생활하고 싶은 학생들에게 적극적으로 추천하는 프로그램이다. 어학당에서 공부도 하고 인턴도 하면서 두 마리 토끼를 동시에 잡고 싶다면 7+1과 인턴 프로그램이 합쳐진 '아너스 프로그램'이 있다. 약 1년 커리큘럼의 프로그램으로, 5개월이 너무 짧게 느껴진다면 1년 커리큘럼의 장기 프로그램을 지원하는 것이 좋다. 어학당에서 수강을 완료한 후 그리스에서 인턴 근무를 완료한 다음 귀국하는 커리큘럼이다.

'코트라 인턴 실습 프로그램'은 해외무역관에서 인턴(실습생) 신분으로 근무하게 되는 프로그램이다. 무역관 내부 사정에 따라 상이할 수 있지만 공식적인 근무 기간은 5개월이다. 대부분 자신의 전공 학과에 따라 그 나라에 있는 무역관으로 지원하는 경우가 많고 그 외에 영어권 지역이나 다른 지역으로도 지원이 가능하다. 단, 영어권 지역의 경우 경쟁률이 높을 수 있어 여러 가지 변수를 잘 고려해서 지원해야 한다. 나는 당연히 그리스 아테네 무역관으로 지원을 했다.

장단기 프로그램 모두 장점과 단점이 존재한다. 단기 프로그램은 기간이 짧아 예상했던 것만큼 다른 나라로 여행하기가 쉽지 않다. 하지만 장기간 해외에서 머물러야 하는 것이 부담스럽다면 단기 프로그램이 가장 적합할 것이다. 또 해외 음식이 잘 맞지 않는 사람이라면 단기 프로그램을 추천한다. 장기 프로그램은 반대로 최소 5개월 이상 머무르게 되기 때문에 이 점을 잘 고려해야 한다. 한국이 무척이나 그리워질 수 있다. 굉장히 신중해야 하는 부분이다. 아무리 해외에서 한식을 먹고 친구를 만나도 충족되지 않는 무언가가 있을 수 있다. 한국에서 먹을 수 있는 빨간 국물의 음식들과 길거리 음식들이 그리워지고 우리나라 치킨이 그리워질 수 있다. 한국에 있는 가족과 나의 친구들이 보고 싶어질 수도 있다. 또 금전적인 부분도 부담이 될 수 있다. 각자의 사정과 성향을 잘 고려해 신중히 선택하는 것을 명심해야 한다.

무엇보다 학생들에게 가장 좋은 점은 이와 같은 참여 프로그램들로 학점 인정이 가능하다는 것이다. 과별로 학점 인정 제도가 다르기 때문에 이 부분은 반드시 여러 번 확인 절차를 가져야 한다. 확실하지 않은 부분이 있다면 진로취업센터는 물론이고 교수님, 학사종합지원센터, 교양 대학 등 관련 부서에 정중하게 문의를 한 다음 승인받는 절차를 가져야 한다. 이전 학생들의 후기를 꼼꼼히 살펴보는 것도 도움이 될 것이다. 그렇다 해도 가장 정확하게 확인하는 방법은 직접 발로 뛰어 문의하는 것이다. 나는 모호한 부분이 생기면 유관 기관이라고 생각되는 곳에 전부 방문해 하나하나 상황 설명드린 후 문의를 했고 학점 인정 제도에 대해 정확하게 확답을 받은 후 출국했다. 학점 인정 관련한 부분은 학기마다 달라지고 개인마다 차이가 있을 수 있으므로 꼭 반드시 꼼꼼하게 확인하는 것을 추천한다. 그래야 귀국 후에도 원활하게 학점을 인정받을 수 있고, 학점 인정이 되지 않아 추후 커리큘럼까지 꼬이게 되는 불상사를 막을 수 있다. 매우 번거롭고 귀찮을 수 있겠지만 철저함과 꼼꼼함을 필수로 장착해야 한다.

이외에도 교환학생, 일반 유학, 어학원 교육 인턴 등 타 대학교에 비해 다양한 해외 연계 프로그램들이 있다. 자신에게 맞는 프로그램을 잘 선택해 좋은 경험을 할 수 있으면 좋겠다. 꼭 어떠한 꿈이나 목표가 아직 없더라도 한 번쯤은 해외 프로그램 중 하나라도 선택해 다녀오는 것을 추천한다. 해외에서 생활하면서 학점 인정까지 받을 수 있다니 더없이 좋은 기회라고 생각한다. 무엇보다도 이러한 프로그램을 통해 나 스스로가 굉장히 성장했다는 것을 느낄 수 있게 될 것이다. 앞으로 내가 가야 할 길을 더 탄탄히 다질 수 있는, 그러한 기반을 가진 사람으로 성장해 있을 것이다. 어쩌면 자신에게 터닝포인트가 될 이 기회를 많은 학생이 누리고 경험해 보았으면 좋겠다.

해외교류 프로그램

○ 하계 단기 연수: 그리스에 위치한 대학에서 진행되는 4주 단기 프로그램. 지역별 대학교 및 어학원에서 그리스어 수업을 수강할 수 있다.

1. 야니나 하계 단기 어학 프로그램
2. 임하 하계 단기 어학 프로그램
3. 테살로니키 대학교 그리스어학원 하계 단기 어학 프로그램
4. 기타 하계 단기 어학 프로그램

○ 파견 프로그램: 대학 재학 기간인 8학기 중 1학기를 해외의 지정된 어학당 중 한 곳을 선택해 학과 수업을 수강하는 프로그램. 그리스 학과의 경우 아테네 대학 부설 어학원, 테살로니키 부설 어학원, 야니나 대학 부설 어학원 중 선택해 그리스어 수업 수강할 수 있다.

1. 7+1 파견 학생 제도
2. 교환학생

○ 현장 실습 프로그램: 그리스 현지 기관 및 기업에서 진행되는 실습 프로그램. 현지 상황에 따라 프로그램의 기간 및 인원 변동 가능성이 있을 수 있다.

1. KOTRA

2. 주그리스대한민국 대사관

3. 삼성전자 아테네 법인

4. 테살로니키 어학원

5. 아너스 프로그램: 7+1 파견 학생 제도 + 현장 실습 프로그램

○ 그리스 국비 유학 프로그램

1. 어학 과정

2. 석 · 박사 과정

* 위 프로그램은 학과별로 상이할 수 있으며, 학교와 각 국가 현지 상황에 따라 프로그램의 명칭 및 커리큘럼이 변경될 수 있음.

KOTRA 소개

KOTRA(코트라)는 Korea Trade-Investment Promotion Agency의 약자로 대한무역투자진흥공사라고도 한다. 무역진흥과 국내외 기업 간의 투자 및 산업, 기술 협력의 지원을 통해 국민경제 발전에 이바지할 목적으로 설립된 정부투자 기업이다. 주요 활동으로는 중소기업의 해외시장 진출을 지원하기 위해 수출 외에 다양한 형태의 무역거래 알선 사업을 수행하고 있으며, 해외시장 정보 수집 및 제공 사업, 해외 전시 사업, 해외 홍보사업, 투자 진흥사업, 국내 산업과 상품의 해외 소개 및 선전, 해외무역관 설치 운영, 기타 산업자원부 장관이 정한 수출입 업무 등의 무역 진흥사업을 추진하고 있다.

나는 막연하게 '우리나라의 무역 공기업'이라고만 알고 있었고 궁금해하기만 했지 정확하게 어떤 일을 수행하는지 감이 잡히질 않았다. 아무리 포털 사이트를 들락날락해 봐도 코트라의 '인턴'이 하는 일이 무엇인지 정확하게 알 수가 없었다. 당연했다. 실제 인턴 후기 같은 게시물은 코트라 사이트에 업로드되지 않았으니 모를 수밖에 없었다. 쉽게 생각하면 코트라의 해외무역관은 우리나라의 중소기업들이 해외로 진출해 활동할 수 있도록 서포트를 해주는 다리 역할을 한다. 해외시장 조사를 통해 우리나라의 여러 기업을 위해 최신 정보와 소식을 빠르게 업데이트하고 무역 사절단을 통해 양국 간 커뮤니케이션을 할 수 있도록 힘써 주는 곳이다.

대부분 인턴이 됐다 하면 실제 근무하는 본사 직원들처럼 엄청나게 중요한 존재가 된 것만 같고 막중한 책임감이 생기면서 부담이 될 것이다. 나도 초반엔 그랬다. 하지만 근무를 시작하고 얼마 안 가 깨닫게 되었다. 인턴 신분인 나는 정말 부족한 점 투성이이고 할 수 있는 것이 많이 없구나. 아니 거의 없구나, 라는 것을. 초반에 사무실에 마련된 내 자리에 멀뚱히 앉아 있을 때 일을 하면 할수록 실수투성이일 때 이런 순간마다 나 자신의 부족함이 더욱 크게 느껴졌다.

우리는 아직 너무나 어리고 미숙한 인턴이라는 것을 코트라 직원들도 아신다. 인턴과 실습생 그 사이 어딘가쯤으로 생각하면 될 것이다. 그렇다고 또 인턴 신분인 우리가 아예 쓸모가 없다는 말을 하는 것이 아니다. 아직 미숙하고 어렵다는 것을 모두가 잘 안다. 그러니 부담을 가질 필요가 없다는 것이다. 점점 작아지기보다 '그래 난 인턴인데! 배우는 단계라고!' 속으로 외치며 자신감을 가지고 배워나가면 된다. 또 우리의 실수는 생각보다 우리 회사에 엄청나게 큰 피해와 막대한 손해를 입히지 않을 것이다. 물론 어느 정도의 긴장감을 놓치지 않는 것도 중요하다. 다만 나의 실수 하나하나 자책하며 힘들어하기보다 그런 실수를 디딤돌 삼아 성장해 나가면 되는 것이다.

준비 과정

✦

|철저함만이 살길

해외에서 인턴 신분으로 약 5개월을 지낸다는 것은 쉽지 않은 일이다. 출국 전 거쳐야 할 절차가 굉장히 많았다. 인턴으로 선발이 되면 그 이후부터는 미친 듯이 서류와의 전쟁을 해야 한다.

해외에서 일정 기간 이상 체류하기 위해선 비자를 발급받아야 한다. 비자 발급은 대사관에서 해주는데, 대사관 일정 잡기가 워낙 어렵고 대사관 직원의 질문에 조금이라도 잘못 대답하면 안 된다는 말을 들어서 너무나 긴장이 됐다. 근데

막상 실제로 가보니 어려운 점 하나 없었고 시간만 정확하게 잘 지켜서 방문하면 되었다. 특히 원하는 날짜에 인터뷰하는 것은 정말 어려운 일이기 때문에 미리미리 날짜 예약을 완료해 두는 것이 중요하다. 각 국가 대사관마다 조금씩 절차가 상이하고 준비해야 할 서류들이 다르다. 사전에 미리 꼼꼼하게 여러 번 확인하는 것이 중요하다. 단 한 가지라도 충족되지 못하면 비자 발급이 어렵기 때문이다. 나는 체크리스트를 작성해 사소한 것 하나하나 전부 적어서 챙겨야 할 것들을 확인했다.

무역관마다 출근 날짜가 상이하기 때문에 코트라 직원분들과 함께 상의 후 출근 날짜를 정하게 된다. 출근 날짜를 확정한 후 비행기 표를 구매하는 것이 좋다. 출근하기 최소 일주일 정도 일찍 그 나라에 도착해서 적응하는 시간이 필요하기 때문이다. 시차 적응도 하고 출근하는 길도 파악하고 유심칩 구매, 교통카드 만들기 등 도착해서도 준비해야 할 것들이 굉장히 많다. 여유가 된다면 국제 학생증도 발급해 가는 것을 추천한다. 대학생을 위한 여러 가지 혜택들이 주어진다.

캐리어는 무조건 다 필요 없고 바퀴가 튼튼한 제품이어야 한다. 우리나라와 달리 유럽 대부분의 도보는 울퉁불퉁한 돌길이다. 사진상으로 보기엔 예쁘고 감성적일지 몰라도 실제로 캐리어를 끌고 걷다 보면 화가 치밀어 오른다. 내 친구는 캐리어를 끌고 가다가 바퀴가 빠져서 굉장히 난감했던 적이 있다고 했다. 무조건 바퀴가 튼튼한 제품으로 선정해야 한다. 공항에 도착해서 몸집만 한 캐리어를 끌고 앞뒤로 백팩을 메고 있는 내 모습이 웃기고 안쓰러웠는지 주변 외국인들의 도움을 많이 받기도 했다. 비행기를 탄 이후부터 모든 짐은 나 혼자 감당해야 하니 캐리어 수는 적게 가방도 적게 가져가는 것이 좋다. 백팩 하나 보조 가방 하나 큰 캐리어 하나 정도로 가져가는 걸 추천한다. 그렇지 않으면 혼자 짐 옮기는 것이 너무너무 어려울 것이다.

출국 전 구매해 사용한 제품

가족들이나 친구들과 비행기 타고 입·출국만 해봤지 경유는 처음 해봐서 너무너무 떨렸는데, 혼자 열심히 알람도 맞춰두고 티켓 수속도 하면서 짐도 부치고 하다 보니 어느새 그리스에 도착해 있었다. 고작 경유해서 그리스에 도착했을 뿐이었는데, 역시 세상에 안 될 건 없구나, 하면 다 되는구나, 라는 생각이 들었다. 괜한 자신감이 엄청 생겼다.

출국하는 모습

진로취업센터 활용하기

대학교마다 진로 취업 관련 기관이 있다. 이 센터를 잘 활용해야 한다. 대학생들의 꿈과 진로를 위해 아낌없이 노력해 주시는 전문가분들로 구성되어 있다.

나는 고등학생 때부터 코트라에 가고 싶긴 했지만 막상 실제로 인턴 지원을 할 시기가 되니 사기업인 삼성과 공기업인 코트라 중 어디에서 인턴을 하는 게 더 좋을지 고민이 되었다. 아무나 붙잡고 물어본 뒤 나를 위해 누군가가 확실하게 답을 내려주었으면 했다. 내가 선택한 것에 나 스스로가 책임질 자신이 없었다. 자신감도 없어지고 어떻게 해야 할지

막막해져 진로취업센터를 방문해 상담을 받았다.

고등학생 때부터 원래 코트라를 가고 싶었는데 지금은 어떤 인턴 프로그램을 선택해야 할지 모르겠다고, 공기업이 나에게 맞을지 사기업이 맞을지 모르겠다며 고민을 털어놓았다. 내 말을 듣고선 상담사께서 "해봐야 알죠."라고 너무나 짧고 간단한 대답을 해주셨다. 속으로 '당연한 소리 아닌가.' 라고 생각했다. 너무나 당연한 말이고 나도 알고 모두가 아는 사실 아닌가. 그래서 내가 막상 해보고 나랑 맞지 않으면 어떡하느냐고 이 부분이 걱정이 된다고 말씀드렸다. 어떡하긴 내 선택인데 내가 책임져야지 지금 와서 생각해 보면 너무나 어처구니없는 질문이다.

그때 당시 너무나 불안하고 어떤 누구한테든 확신에 찬 대답을 듣고 싶었던 마음에 저런 얼토당토않은 질문을 했던 것 같다. 하지만 상담사께서는 차분히 나의 고민을 들어주셨고 하나하나 대답을 해주셨다. 나와 맞지 않으면 그건 그거대로 다행인 것이라고 하셨다. 맞지 않다는 것을 알게 되었으니까 확실하게 방향을 정할 수 있는 것 아니냐고. 공기업 인턴을 해보고 맞지 않다는 걸 알았다면 이제 확실하게 사기업 쪽으로 방향을 잡고 나가면 되지 않겠냐고 하셨다. 그리고 그런 사실을 깨닫게 된 것 자체가 좋은 일 아니냐며 남들은 공기업이 맞을지 사기업이 맞을지 고민하고 있을 시간에 나는 확실하게 알게 되었으니 고민할 시간도 줄여진 것 아니냐고 하셨다. 처음부터 끝까지 정말 맞는 말뿐이었다. 이때 상담사께서 해주신 말이 나에게 아주 인상 깊었다. 그래서 다들 '경험을 많이 해보는 게 중요해.'라고 말하는 게 이래서 하는 소리구나, 진짜 그렇구나 하고 깨달았다.

이날의 상담은 지금까지도 생생하게 기억에 남는다. 해주신 말씀 모두가 아직도 기억에 남아 있고, '해봐야 아는 것'이라는 당시 상담사님의 답변은 곧 내 좌우명 아닌 좌우명이 되었다. 대학 입시를 준비하던 고등학생 때에 비해 대학생이 된 후로 도전이 두려웠었는데, 다시 자신감을 찾게 되었다. 나는 나중에 인턴을 마치고 한국에 돌아와서 귀국 보고회를 하게 된다면 이 말을 꼭 전해주어야겠다고 다짐했다.

이러한 진로취업센터를 이용할 때 주의할 점 몇 가지가 있다. 여러 후기를 잘 찾아보고 나와 맞는 상담사를 선택하는 것이 중요하다. 아무리 좋은 상담사라고 하더라도 나와 맞지 않는 분이라면 곤란할 것이다. 주변 지인들의 경험과 후기들을 참고하여 상담을 받는 것을 추천한다. 또한, 상담뿐만 아니라 센터 공지사항도 꼼꼼히 살펴보아야 한다.

학과 인턴 프로그램 외에도 진로취업센터에 각종 인턴 프로그램 및 해외연수 프로그램 모집 공고가 올라온다. 기회를 놓치지 말고 잘 확인해 많은 학생이 원하는 프로그램에 지원해 다양한 경험을 해보았으면 좋겠다.

3장

그리스는 어떤 나라일까?

국가 정보

그리스 메테오라(Meteora, Μετέωρα)

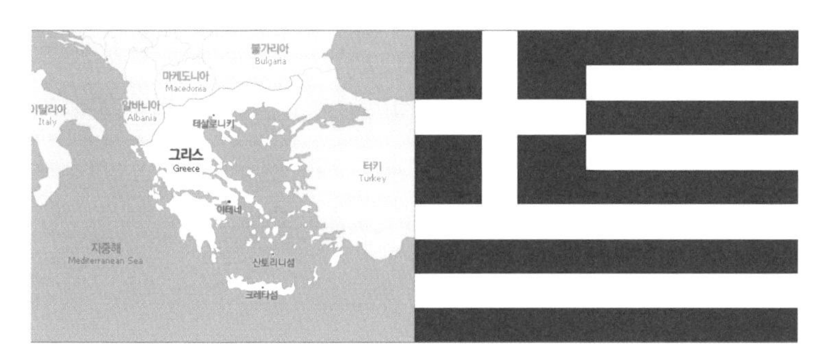

그리스 국기와 위치

그리스의 정식 명칭은 그리스 공화국(Hellenic Republic)으로 그리스어로는 엘라다(Ellada, Ελλάδα)라고 불린다. 그리스인들의 98%가 그리스 정교를 믿고 있어 제우스의 홍수에서 살아남은 프로메테우스의 손자, 헬렌을 조상이라고 여겨 자신들의 나라를 '헬라스(Ellas, Ελλάς)', 그리스인을 '헬레네스(Ellines, Ελληνες)'라고 부르기도 한다.

헤로데스 아티쿠스 극장(Herod Atticus Odeon, Ωδείο Ηρώδου του Αττικού)

그리스는 유럽의 남동부 발칸 반도의 교차점에 위치해 유럽과 지중해 특성을 모두 가지고 있다. 일부 지역을 제외하고 여름엔 고온 건조, 겨울엔 저온 다습한 전형적인 지중해성 기후를 가진다. 유럽의 여러 국가와 마찬가지로 그리스도 서머 타임(summer time)을 적용한다. 표준시보다 시계를 1시간 앞당기는 제도로 매년 3월 마지막 일요일에 시작돼 10월 마지막 요일에 끝난다. 여름에는 해가 빨리 뜨고 늦게 지기 때문에 비교적 긴 낮 시간을 활용하기 위함으로 이 기간에는 한국과 시차가 6시간이 된다. 또한, 그리스는 산지가 많고 평지가 적은 지형적 특성 때문에 각 지역 간의 교류가 쉽지 않았다. 때문에 고대에 정치적, 사회적으로 독립된 도시 국가인 폴리스(Polis, Πόλις)가 독자적인 정치 형태로 발전했다. 특히 아테네에서는 평등을 기초로 전 시민이 모인 집회에서 나랏일을 결정했는데, 이것이 바로 민주주의의 시초이다

그리스 아테네 위치

그리스의 수도는 아테네(Athens, Αθήνα)로 그리스의 정치, 문화, 종교의 중심지이다. 세계시민주의, 개인주의, 그리고 자연과학 발달을 특징으로 하는 헬레니즘의 근원지 이자 서양 문명의 뿌리가 탄생한 곳이라고도 할 수 있다. 아테네의 파르테논 신전을 비롯한 고대 건축 유적과 문화유산 등이 위치해 있어 전 세계의 관광객들을 끌어들이는 관광의 중심지이자 그리스 경제의 중심 도시이다.

특히 그리스 하면 떠오르는 것이 그리스 로마 신화에 등장하는 돌기둥 형태의 신전일 것이다. 우리가 흔히 상상하는 신전의 모습을 직접 보고 싶다면 아테네의 아크로폴리스와 파르테논 신전을 살펴보면 된다.

아크로폴리스 파르테논 신전(Parthenon, Παρθενώνν)

아크로폴리스(Acropolis, Ακρόπολης)란 도시 국가 폴리스에 있는 높은 언덕을 지칭한다. 폴리스 중심에 있던 아크로폴리스에는 수호신을 모시는 신전을 세웠고, 신앙의 중심지이기도 했으며 전쟁 때에는 군사적 요충지로도 사용됐다. 고대 그리스의 도시이자 현재 아테네를 상징하는 랜드마크로 아테네의 아크로폴리스가 가장 잘 알려져 있다. 아테네의 아크로폴리스는 세 개의 신전과 두 개의 현문을 가지고 있고, 그 외에 디오니소스 극장, 헤로데스 아티쿠스 음악당 등이 있다. 아테네의 아크로폴리스는 세계 문화유산 1호로 지정되어 세계 문화유산의 이상을 상징하는 곳이기도 하다.

파르테논 신전은 아테네의 수호 여신인 아테나를 위한 신전이다. 아크로폴리스에서 가장 아름답고 웅장한 건축물로 고대에 16년에 걸쳐 완성되었다. 시간이 지나며 교회, 사원, 무기고 등으로 사용되며 손상을 입게 되었다. 현재 파르테논 신전은 유네스코에서 문화유산으로 지정해 보호하며 복구를 위한 보수 공사가 진행 중이다. 방문했을 당시 완전한 모습의 신전을 보지는 못했지만 그 존재 자체만으로도 굉장히 경이로웠고 복구 작업이 완료되면 다시 방문해 파르테논 신전을 감상하고 싶다. 우리에게 친숙한 유네스코의 엠블럼 역시 파르테논 신전의 모습을 모델로 제작되었다.

유네스코 로고와 파르테논 신전

아크로폴리스 파르테논 신전(Parthenon, Παρθενώv)

그리스 테살로니키 위치

그리스에서 아테네 다음 두 번째로 큰 도시는 테살로니키(Thessaloniki, Θεσσαλονίκη)로 에게 해의 북서 쪽에 있는 항구 도시이다. 도시 내에 약 스무 개의 박물관과 약 열 개의 유네스코 문화유산이 있어 그리스의 문화 수도로 여겨지기도 한다. 매년 5월 국제 도서전, 9월 테살로니키 인터내셔널 페어, 11월 테살로니키 영화제 등 다양한 축제와 행사가 개최되고 있다. 테살로니키의 음식은 남부 그리스에 비해 오스만 지배를 더 오래 받은 영향으로 향신료가 요리에서 중요하게 쓰이는 등 동양적인 편이다. 그리스에서 쉽게 찾아 맛볼 수 있고 실제로 사람들이 자주 즐겨 먹는 부가차(Bougatsa, μπουγάτσα) 역시 테살로니키 지역에서 만들어져 그리스 전역과 발칸 지역으로 전파되었다. 나 또한 그리스에서 생활할 때 부가차를 굉장히 자주 즐겨 먹었다. 부가차는 지역별로, 개인의 취향별로 속 재료를 달리해 만들 수 있는 것이 큰 특징이고 무엇보다 아주 달콤해 남녀노소 즐겨 먹을 수 있는 파이이다.

그리스 테살로니키 화이트 타워(White Tower at Thessaloniki)

테살로니키 풍경

우리나라와 그리스는 1961년 4월 5일 처음 수교를 맺어 2021년 현재 한-그리스 수교 60주년을 맞이했다. 우리나라는 그리스와 끊임없이 교류하며 한국의 문화를 공유하기 위해 많은 노력을 하고 있다. 주 그리스 대한민국 대사관은 아테네를 포함한 그리스의 주요 도시에서 한식 행사, 한국 영화의 밤, K-POP 팬클럽 모임, K-POP 대회 등 한국 문화를 알리기 위한 다양한 행사와 활동을 추진하고 있다. 우리 학과 역시 아테네와 테살로니키를 비롯한 그리스의 여러 지역으로 학생들의 파견을 돕고 있는 상황이다.

매력덩어리 그리스

✦

대부분의 사람은 그리스 하면 하얀 바탕의 건물과 파란 돔 형태의 지붕을 가진 건축물과 그러한 건축물들로 가득한 산토리니 혹은 그리스 로마 신화 같은 것들을 주로 떠올릴 것이다. 또는 인기 드라마 '태양의 후예'에 나왔던 아름다운 바다 거기 딱 그 정도로 알고 있을 수도 있을 것이다. 일반적인 사람들이 그렇듯 나도 마찬가지로 이전에는 그리스 하면 그려지는 모습들이 그러했다.

대학에 입학해 학부 수업을 들으며 알게 된 그리스는 내가 상상했던 모습보다도 훨씬 아름답고 생기가 넘치는 곳이라는 걸 깨달았다. 실제로 그리스에 도착한 후 오길 정말 잘했다는 생각을 스무 번도 더 넘게 했던 것 같다.

그리스 나프폴리오(Nafplio, Ναύπλιο)

그리스 나프폴리오(Nafplio, Ναύπλιο)

그리스에는 산토리니뿐만 아니라 아름다운 곳이 너무나 많았다. 산토리니만 알고 있다는 점이 너무나 안타까웠고 아쉽게 느껴지기까지 했다. 더 많은 사람이 그리스의 아름다움을 더 마구마구 느낄 수 있었으면 했다. 보통 유럽여행 계획을 세울 때 그리스는 아테네나 산토리니만 살짝 거치거나 아니면 아예 생략하고 지나가기도 한다. 내 친구들도 그랬다. 내가 그리스에서 지내는 5개월 동안 많은 친구가 유럽여행을 오고 갔는데, 그중 그리스에 머물렀던 친구들은 한 명도 없었다. 항상 이 점이 너무 아쉬웠다. 아테네만 해도 볼거리가 가득하고 산토리니 외에 섬들은 말할 것도 없이 아름다운 곳들이 많은데 그냥 지나치는 경우가 많았다.

그리스 자킨토스(Zakynthos, Ζάκυνθος)

그리스 자킨토스(Zakynthos, Ζάκυνθο)

그리스는 선박업이 발달했고 관광객들도 많이 방문하는 나라이기 때문에 섬 여행을 가는 것이 비교적 수월한 편이다. 크레타, 자킨토스 등 관광하기 좋은 섬들이 많이 있고 섬 여행이 조금 부담스럽다면 국내만 여행해도 충분히 그리스를 즐길 수 있을 것이다. 그것도 부담스럽다면 아테네 구석구석만 둘러보아도 그리스의 아름다움을 만끽할 수 있을 것이다. 아테네에서 조금만 벗어나면 갈 수 있는 글리파다의 해변을 보고 있으면 마음속에 있던 걱정거리는 전부 눈 녹듯이 사라지고 아름다운 하늘과 바다의 경치만 바라보고 있게 될 것이다. 그 때의 그 장면을 그대로 조각 내 한국으로 가져오고 싶을 정도로 내게 정말 인상 깊은 순간으로 남아 있다. 글리파다는 내가 살면서 본 바다 중 가장 반짝거리고 평온한 바다였다.

그리스 글리파다(Glyfada, Γλυφάδα)

그리스 글리파다(Glyfada, Γλυφάδα)

그리스 글리파다(Glyfada, Γλυφάδα)

즐겨 마신 와인

그리스는 음식도 맛있고 타 유럽 국가에 비해 물가도 저렴한 편이다. 그리스 물가에 잔뜩 익숙해져 있던 나는 프랑스 여행을 갔을 때 깜짝 놀랐던 기억이 있다. 햄버거와 음료수가 이 가격이라니. 그리스 마트에서는 장을 실컷 보고 나와도 부담이 되지 않았는데, 프랑스에서는 저절로 손에 쥐었던 물건을 제자리에 놓고 오곤 했다.

와인 또한 이탈리아, 칠레 못지않게 정말 맛이 좋은데 잘 알려져 있지 않아 아쉬웠다. 나는 이전까지 와인에 대한 지식이 하나도 없었고 다른 주류에 비해 자주 즐겨 마시는 편도 아니었는데, 그리스에서 와인을 맛보고 난 뒤부터 와인에 대해 공부하기 시작했다. 초반엔 그저 저렴하게 와인을 즐기고 싶어서 한 병, 두 병 사 마시던 것이 나를 와인의 세계로 이끌었다. 와인만 전문적으로 취급하는 가게도 있었고 집 근처

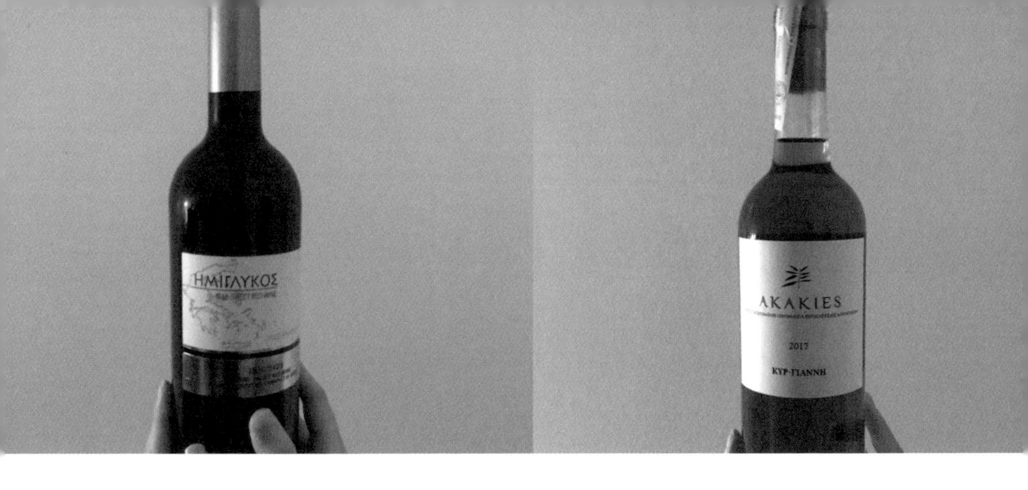

의 마트에만 가도 와인을 쉽게 구매할 수 있었다. 가격도 저렴한 것부터 고가의 와인까지 다양했다. 부담되지 않는 선에서 맛있는 와인을 즐기고 싶다면 근처 마트에서 구입하는 것을 추천한다. 화이트 와인, 레드 와인, 로제 와인 등 종류별로 진열되어 있을 것이다. 퇴근 후 저녁을 차려 먹고 와인 한 잔하는 시간은 어느새 하루를 마무리하는 루틴이 되었었다. 처음에는 코르크 마개를 제거하는 방법조차 몰랐었는데, 유튜브 동영상을 보며 어설프게 따라 하고 한 병, 두 병 마시다 보니 코르크 마개쯤은 손쉽게 제거할 수 있게 되었었다.

아름다운 고대 유적지와 자연경관 그리고 맛있는 음식과 술을 맛볼 수 있는 그리스의 매력을 더 많은 사람이 관심을 가지고 알아봐 주었으면 좋겠다.

4장

코트라 인턴의 하루

인턴의 하루 일과

✦

나는 출근 전날 완벽하게 모든 준비를 해둔 다음 잠이 들었다. 아침엔 무조건 1분이라도 더 자기 위해서 최대한 할 수 있는 모든 준비를 다 하고 잠들어야 마음이 편했다. 특히 잠들기 전에 다음 날 어떤 옷을 입고 출근할지 꼭 정해두는 편이었다. 그렇지 않으면 아침에 어떤 옷을 입고 갈지 고민하느라 시간이 많이 소요되곤 했기 때문이다. 고민하느라 늦을 뻔한 적이 한두 번이 아니기 때문에 상하의 전부 정해두었다. 날씨 애플리케이션으로 아테네 날씨를 시간대별로 전부 확인한 후 옷장을 쳐다보면서 머릿속으로 상상해 보았다. 상의는 이걸 입고 하의는 이걸 입고 나가야지 이렇게 땅땅 확정을 해야지 마음 편하게 잠이 들 수 있었다. 특히 나는 상의에 많은 신경을 썼다. 원래 한국에서 학교 다닐 때만 해도 이렇게까지 다음날 어떤 옷을 입고 갈지 정하는 데에 집착하지 않았는데, 인턴 근무를 하고 나서 생긴 새로운 습관이었다. 나만 그런 것이 아니라 함께 지낸 동기도 나와 비슷했다. 우린 다음날 어떤 옷을 입고 출근할지에 대해 엄청나게 고민했다. 정해진 복장 규정은 없었고 단정한 옷차림이면 충분했는데 이 때문에 오히려 더 옷에 대해 고민하기 시작했던 것 같다.

해외에 있는 무역관이다 보니 한국보다 복장에 있어서 비교적 자유로운 편이었다. 그래도 단정하고 깔끔한 인상을 주기 위해 나는 항상 검정 슬랙스 바지에 화려하지 않은 상의를 주로 입고 사무실로 향했다. 계절에 따라 바지의 기모 여부만 달라졌지 항상 거기서 거기인 디자인의 슬랙스 바지를 돌려 입었다. 더 많은 종류의 바지를 챙길 필요도 없었다. 어차피 슬랙스가 가장 단정해 보이고 편하다. 하루 이틀 세탁하지 않아도 티가 나지 않을뿐더러 그다지 아끼는 바지도 아니다 보니 막 입기 딱 좋았다. 하루 종일 책상 앞에 앉아서 일해야 하기 때문에 점점 편하면서도 깔끔한 바지들을 선호하게 되었다. 심지어 나중에는 스키니 진 같은 바지는 거의 입지도 않고 캐리어에 넣어두기까지 했다. 그렇다 보니 자연스럽게 바지는 고정이고 상의만 잘 골라 입으면 되었다. 나는 주로 깔끔한 디자인의 기본 티셔츠나 얇은 셔츠 남방을 입었고, 겨울에는 단색 카디건이나 니트류를 입었다. 이렇게 무조건 아침 준비 시간을 짧게 줄이는데 목표를 두었던 나는 준비 시간이 30분이 걸리지도 않는 엄청난 인턴이 되어 있었다.

출근 복장(1) 출근 복장(2) 출근 복장(3)

화장도 점점 간소화됐다. 하루 종일 사무실에 앉아만 있으니 풀 메이크업을 할 필요도 없었다. 어차피 만나는 사람들도 사무실의 직원들뿐이다. 초반에만 열심히 화장하고 점점 시간이 지날수록 선크림만 열심히 챙겨 바르고 쿠션만 두들기고 나갔다. 헤어드라이 또한 당연히 할 일이 없었다. 매일

매일 출근하다 보면 너무 귀찮고 신경 쓸 필요가 없어진다. 심지어 여름엔 햇빛이 굉장히 강하기 때문에 화장하고 싶은 마음이 싹 사라진다. 그런 날씨에는 선글라스가 필수다. 선글라스 하나면 화장이고 뭐고 다 필요 없어지게 된다. 무엇보다 자유로운 분위기에 남들의 시선에 지나치게 신경 쓰지 않게 되어 자연스럽고 편안함을 우선시하게 되었다.

준비를 마쳤으면 스마트폰, 지갑, 집 열쇠를 챙겨서 나간다. 그리스에서 가장 중요한 물건을 꼽으라 하면 당연히 집 열쇠가 될 것이다. 우리나라에선 요즘엔 보기 어려운 물건이어서 처음 우리 집 문을 열고 닫는 데 굉장히 애를 먹었다. 이리저리 돌려가며 열쇠 사용하는 법을 열심히 익혔다. 두 번째 집으로 이사 간 지 얼마 되지 않았을 때는 아무리 열쇠를 돌려봐도 우리 집 문이 열리지 않아 카페에서 하염없이 시간을 보낸 적도 있었다.

도어락으로 집 문을 열고 닫는 한국인에게 열쇠 방식은 너무나 낯설었고 무엇보다 익숙해지기가 어려웠다. 여기서 더 놀라운 건 많은 서양권 국가에서는 아직도 이 방식을 고집하고 있다는 것이다. 다른 유럽 국가로 공부하러 온 친구들도 열쇠를 들고 다녔다. 우리는 페이스톡으로 항상 집 열쇠에 대한 불만을 늘어놓곤 했다. 한 번은 내 그리스인 친구에게 이런 열쇠 방식이 불편하지 않느냐고 물었는데, 친구도 역시나 불편해했다. 친구가 챙겨 다니는 열쇠는 심지어 다섯 개가 넘었었다. 고리에 주렁주렁 달고 다녀서 더 불편해했다. 친구에게 물어보니 '아무리 그래도 집 문은 열쇠로 열고 닫아야지.'라는 생각이 아직까지 남아 있는 것 같다고 했다. 헝가리와 스페인으로 여행 갔을 때도 똑같이 숙소의 열쇠를 제공받았었다.

내 개인 소지품까지 잘 챙겼다면 문을 꼼꼼히 잠그고 이제 버스를 타러 간다. 그리스도 우리나라의 '네이버 지도'나 '카카오 지하철'과 같이 실시간으로 버스의 도착 예정 시간과 위치 서비스를 제공하는 애플리케이션이 있다. 이 애플리케이션은 그리스에서 생활할 때 반드시 필요하니 꼭 설치해야 한다. 여행만 한다면 구글 맵 만으로 충분하겠지만 장기간 머무를 예정이라면 그리스 교통 애플리케이션을 설치하는 것을 추천한다. 아침 시간대의 교통 상황은 시시각각 변하기 때문에 언제 어떻게 될지 모른다. 이것은 세계 만국 공통인 것 같다. 그냥 마음 편하게 20분 정도 일찍 사무실에 도착할 수 있도록 준비하는 것이 좋다. 버스가 밀려서 제시간에 오지 않았더라도 지각하지 않고 사무실에 도착할 수 있기 때문이다. 무엇보다 이렇게 출근해야 인턴 신분인 내 마음이 편했다.

해외까지 나가서 근무하는데 고작 시간 약속 하나 지키지 못하는 불성실한 인턴이 되고 싶지 않았다.

내가 그리스에 막 도착했을 당시는 8월이었기에 많은 직장인이 휴가를 보내고 있을 시기였다. 그리스는 휴가철에 대중교통의 배차 간격이 길어지고 운행하는 버스의 수가 줄어든다. 버스 기사님들도 휴가를 보내러 가시기 때문이다. 그리스의 휴가철에는 굉장히 많은 인원이 휴가를 위해 떠나기 때문에 당황하지 말고 항상 이 점을 잘 유의해야 한다. 그리스에 도착한 지 얼마 되지 않았을 때 정류장 전광판에 내가 타야 할 버스가 곧 도착할 것처럼 안내되길래 가만히 기다렸다가 낭패를 본 적이 있다. 하염없이 기다려도 버스는 오지 않았고 결국 급하게 택시를 타고 출근했다. 이때 생각만 하면 손에 땀이 나고 아직까지도 조마조마하다. 정말 당황스러웠고 근무 초반에 지각하게 될까 봐 정말 오만 가지 생각이 다 들었었다. 그 시간대에는 빈 택시를 잡기도 어려워서 겨우 택시를 잡아 출근해 지각을 면할 수 있었다. 이런 일을 겪은 이후로 출근은 무조건 여유롭게, 20분 정도 일찍 도착할 수 있게끔 노력했다.

출근하는 길을 한 가지 방법만 알아둘 것이 아니라 여러 방법으로 알아두는 것이 좋다. 여러 번 환승하더라도 내가 이용할 수 있는 노선을 다양하게 알아두는 것이 좋고, 가까운 지하철역을 알아두는 것도 필수다. 그리스에서는 파업과 각종 시위가 자주 있기 때문에 항상 대중교통 상황을 잘 파악하고 있어야 한다. 나에게 언제 어떤 일이 생길지 모르기 때문에 익숙하지 않은 이 낯선 동네를 완벽하게 나의 구역으로 만들어 두는 것이 좋다. 타지에서 나를 챙겨줄 사람은 나 자신뿐이기 때문에 나 스스로가 항상 철저하게 준비하고 생활해야 한다. 초반에 완벽하게 적응하기 전까지 나는 한국의 친구들에게 '나 그리스에서 생존 중'이라고 우스갯소리로 말하기도 했다.

첫 번째 거주했던 우리 집과 사무실까지 거리상 버스를 이용하는 것이 가장 빠른 루트였다. 버스 정류장도 집과 가까웠고 무엇보다 내가 이용할 수 있는 버스 노선이 다양했다. 근처에 지하철역도 있긴 했지만 최대한 버스를 이용했다. 첫 번째 집에서 타고 다니던 버스 정류장 근처에서는 주로 직장인들과 일반 성인들을 많이 볼 수 있었다. 대학생들이 많이 거주하고 있는 지역이었는데, 학교는 코트라와 다른 방향에 있었기에 버스 내부에서는 학생들을 볼 일이 거의 없었다. 아침 출근 시간대에는 많은 사람이 대중교통을 이용하기 때문에 개인 소지품 관리에 더 많은 신경을 써야 했다. 종종 버스를 타고 출근을 하다 보면 여기가 우리나라인지 그리스인지 자각하지 못할 때도 있었다. 그리스의 아침 풍경도 우리나라와 정말 별반 다르지 않았다. 하나같이 다들 같은 표정으로 창문만 내다보며 버스에 실려 갈 뿐이었다. 그게 너무 웃겼다. 사람 사는 것은 다 똑같구나, 하고 생각했다. 대중교통을 이용할 때 경계심을 많이 가졌었는데 언젠가부터 이런 생각이 들었던 이후로는 편안한 마음으로 버스를 이용하게 되었다. 나도 이 지역의 한 구성원이 된 느낌이 들었다.

출근길의 풍경

퇴근길의 풍경

아침식사는 초반에 한 일주일 정도만 챙겨 먹었다. 그 뒤로는 한 번도 아침을 먹고 나간 적이 없다. 완벽한 직장인이 아닌 인턴이라 하더라도 아침을 매일 챙겨 먹고 간다는 것은 쉽지 않은 일이었다. 차라리 밥보다 잠을 택하고 말겠다. 집에서 아침을 차려 먹는 대신 주로 출근길에 내가 자주 들리는 근처 베이커리나 카페에서 커피와 빵을 사 먹었다. 약 5개월간 거의 하루도 빠짐없이 들리니 나는 가게의 단골손님이 되어 있었고 언젠가부터 가게 주인께서도 나를 알아보기 시작했다. 집 근처 개인 베이커리, 사무실 근처의 역 옆에 있는 프랜차이즈 베이커리, 사무실 건물 근처 개인 베이커리, 사무실 근처 스타벅스 이렇게 내가 주로 들리는 곳은 총 네 군데였다.

그중에서도 사무실 근처 베이커리를 제일 자주 들르곤 했다. 출근하는 길에 위치한 가게였기에 제일 자주 지나칠 수밖에 없었다. 그 베이커리는 인테리어가 굉장히 아기자기했고 영화 속에 나올 것 같이 생긴 모습의 예쁜 베이커리 겸 카페였다. 로코코 인테리어 풍의 가게 내부는 아담한 크기였고 야외 테이블도 서너 개 정도 있었다. 신기하게도 내 전공 책 속에 그려진 삽화와 아주 비슷한 모습이었다. 이렇게 아기자기하고 깜찍한 카페의 주인분은 나이가 꽤 있어 보이는 남성이었다. 물론 내가 항상 카페에 들르는 시간대가 한정적이라서 다른 직원을 보지 못한 것일 수도 있다. 가게 주인조차도 책 속에서 튀어나온 것처럼 이미지가 비슷했다. 외관보다 내부가 더욱 아기자기한 가게였고 항상 가게에만 들어서면 수업 시간이 생각나곤 했다.

전공 시간에 교수님들은 주로 학생들끼리 전공 책에 있는 그리스어 지문을 우리가 직접 소리 내어 읽게끔 지도하셨는데, 수많은 대화문을 동기들과 함께 역할을 맡아 가며 읽고 해석하고 배웠었다. 대화문의 주제는 대부분 일상생활 속에서 마주할 수 있는 일화들이었다. 카페 주인분과 주문을 위한 대화를 할 때면 수업 시간 때 대화문을 읽던 시간이 떠오르곤 했다. 직원께 나를 코트라의 새로운 인턴이라고 소개하자 바로 이해를 하셨다. 지금까지 아테네 무역관을 거쳐 갔던 수많은 인턴을 봐오셔서 익숙한 듯했다. 나는 주로 커피 한 잔과 빵 하나를 주문했는데, 나중에는 내가 주문할 커피의 커스텀도 알아서 척척해 주셨고 빵도 서비스로 더 주시곤 했다. 그리스인들은 정이 많은 편이라 들었는데 정말인 것 같았다.

월급이 다 떨어져 가고 수중에 사용할 수 있는 돈이 얼마 없을 때는 베이커리나 카페에서 커피만 사고 사무실 근처 간이 슈퍼에서 1유로짜리 빵을 사 먹었다. 그것도 정말 크기가 크고 맛의 종류가 다양하고 달달해 아침에 일하기 전 당 충전하기 딱 좋았다. 한국에서 먹던 커피 맛이 그리워지면 그리스식 커피가 아닌 스타벅스에서 커피를 사서 카페인을 충전했다. 겨울 시즌 메뉴인 토피넛 라테를 먹기 위해 겨울에는 거의 스타벅스에서 살다시피 했다.

자주 먹었던 아침 메뉴(커피와 빵)

자주 먹었던 아침 메뉴(커피와 시리얼)

코트라 건물에 도착해 0층(한국식으로 1층) 로비로 들어가면 리셉션 데스크 직원분들이 최소 2명씩 계셨다. 그분들과 아침인사를 꼭 나누었다. 한 가지 인사말로만 인사하기보다 수업 시간 때 배웠던 다양한 그리스 인사들을 모조리 사용해 인사를 나누며 나름 혼자만의 테스트를 치르곤 했었다. 직원들은 항상 웃으며 내 인사를 받아주었고 내 안부를 묻기도 했다. 리셉션 데스크 맞은편에는 우편함이 있었다. 아테네 무역관이 위치한 건물에는 다양한 나라의 대사관과 일반 사무실이 층마다 위치해 있었다. 우리 우편함에서 우편물을 잘 챙겨야 했다. 매일 코트라로 배달 오는 영자신문과 그리스 신문이 있었는데 인턴인 내가 이것을 챙겨서 사무실로 올라갔다. 신문 외에 직원들의 개인 우편물 혹은 그 외의 코트라 우편물도 함께 내가 수거해 왔다.

코트라가 있는 건물은 여러 나라 대사관들이 있었기에 보안도 훌륭했다. 우편함에서 우편물을 수거해 발급받은 나의 인턴 카드를 찍고 들어가야 내부 엘리베이터를 이용할 수 있었다. 코트라 인턴 카드를 발급받았을 때 기분이 너무 새로웠고 진짜로 내가 이 회사의 소속된 구성원이 된 느낌이 들었다. 보통 그리스에는 엄청나게 높은 고층 건물들은 많이 없기 때문에 엘리베이터를 이용할 일 또한 거의 없었다. 일반

적인 4, 5층짜리 건물의 경우에도 엘리베이터가 거의 없고 전부 계단을 이용해야 한다. 간혹 엘리베이터가 있더라도 사람 3명 정도가 타면 꽉 차는 공간이다. 우리나라에서는 상상할 수 없는 일인데, 그리스에 와서 깜짝 놀랐던 부분이었다. 무역관 건물에는 신식 엘리베이터가 있어서 정말 편리했다. 아테네 무역관이 있는 층에 내리면 다시 한번 더 문을 열고 사무실로 들어가야 했다. 그러면 출근 완료이다.

늦지 않기 위해 워낙 이르게 준비해 사무실로 오기 때문에 주로 내가 1등으로 출근하는 편이었는데, 휴가를 다녀온 직원께서 자리에 복귀한 뒤로는 내가 2등으로 출근하는 사람이 되었었다. 오자마자 나는 내 자리에 사 온 아침 거리를 올려두고 챙겨온 우편물을 각자 직원분들의 방에 전달한다. 출근하신 직원들께 간단한 아침인사를 건넨다. 출근하면 잊지 않고 반드시 모든 직원분의 자리에 찾아가 인사를 드렸다. 내 자리로 돌아와 모니터를 켜는 순간 업무가 시작된다. 다이어리를 펼쳐 어제 마무리한 업무의 리스트와 오늘 해야 할 일의 리스트를 모두 다 읽은 후 업무를 시작했다.

초반에 업무를 시작할 때 과장님께서 꼼꼼하게 일을 하기 위한 조언을 해주셨는데, 다이어리에 오늘의 날짜를 기록한 다음 해야 할 일을 우선순위대로 배열한 뒤 업무를 시작하면 빠트린 것 없이 업무를 해 나갈 수 있을 것이라고 알려주셨다. 나는 이 방식을 조금 더 확장해 나의 업무 습관으로 완전히 만들었다. 금일 기준 종료한 업무, 마무리 중인 업무, 시작 예정 업무 이렇게 세 가지로 분류해 다이어리에 정리해 두었다. 오늘 해야 할 업무뿐만 아니라 전날 내가 마무리 또는 완료한 업무도 다시 한번 체크하고 일을 시작했다. 어디까지 업무가 진행됐는지 파악하기가 쉽고 여러 번의 확인 과정을 통해서 빠트린 부분은 없는지 꼼꼼하게 체크가 가능하기 때문이다. 또 퇴근을 하고 다시 출근하느라 끊긴 업무 사이클을 다시 바로 가져오려면 이렇게 직접 눈으로 확인하는 방법이 가장 정확했다. 모든 업무를 하나하나 다시 보지 않고 리스트만 간단히 훑어보면서 시간을 효율적으로 사용하려 노력했다.

보안에 정말 많은 신경을 쓰고 있기 때문에 인턴에게는 사내 메신저 계정이 주어지지 않았다. 사내 메신저 대신 나의 개인 이메일 계정을 이용해 업무 관련 내용을 전달받았다. 업무를 전달받으면 미리 숙지한 매뉴얼을 바탕으로 업무를 시작했다. 정보가 부족하면 추가적으로 자료를 검색해 공부한 뒤 업무를 시작했다. 사전에 공부하지 않으면 오히려 업무 도중 방향을 잡지 못해 자료를 받아 보게 될 상대가 혼란

스러울 수 있고 나 또한 시간을 더 많이 낭비하게 될 수 있기 때문이다. 우선적으로 이번에 맡게 된 업무가 어떤 종류의 업무인지 정확하게 파악하려는 노력을 많이 했다.

다양한 직원분들이 나에게 업무를 배정해 주셨다. 직원분들께서는 나에게 업무를 전달해 주실 때 항상 업무의 가이드라인을 함께 제시해 주셨고 이러한 직원들의 배려 덕분에 나는 업무의 방향을 잘 잡고 일을 시작할 수 있었다.

업무 도중 간단한 질문이 있을 경우 이메일로 여쭤보았다. 그 외에 추가적으로 궁금한 부분이 있으면 담당 직원분의 자리로 찾아갔다. 나에게 주어진 업무의 담당자가 누구인지를 항상 정확하게 파악한 후 업무 관련 질문이 있거나 의견을 나누어야 할 때가 있는 경우에만 담당자에게 직접 질문을 했다. 이메일보다 직접 대면한 상태로 대화를 나누고 의견을 주고받는 것이 더욱 정확하고 효율적이라고 생각했기 때문이다.

또한, 업무상 방대한 양의 정보들을 처리할 일이 많았기 때문에 항상 파일 보안에 주의를 기울이고 신경을 많이 썼다. 초반에는 이런 루틴에 익숙하지 않아 잊어버리지 않기 위해 항상 모니터 옆 메모지에 크게 적어두고 상기시켰다.

유럽의 여러 국가에서는 서머 타임(summer time)을 적용한다. 낮 시간이 길어지는 봄부터 낮 기간이 짧아지는 가을에

되돌려 놓는 제도이다. 표준시보다 1시간 시계를 앞당겨 매년 3월 마지막 일요일에 시작되어 10월 마지막 요일에 끝난다. 여름에는 해가 빨리 뜨고 늦게 지기 때문에 비교적 긴 낮 시간을 활용하기 위해 시작되었다고 한다. 따라서, 이 시기에는 한국과의 시차가 6시간이 나게 된다. 유럽 지역에서 근무하다 보니 서머 타임과 시차 관련 문제에 대해 다시 생각해 보게 되었고 신경 써야 할 것도 늘어난다는 것을 절실히 느꼈다. 우선 우리나라와 그리스의 시차 때문에 내가 출근한지 얼마 되지 않은 오전 시간대가 가장 바빴다. 출근해서 내 자리에 앉으면 곧 전화가 마구 울려댄다. 그리스의 직원들이 출근해서 전화 응대가 가능해질 때까지 대기하던 사람들의 연락이 끊임없이 오는 것이다. 줄줄이 전화가 걸려온 날도 많았다. 업무에 차질이 생기지 않으려면 오전에 최대한 많은 전화 응대를 하는 것이 좋았다. 한국의 퇴근 시간 전에 최대한 전화 응대를 마무리해야 했다. 대부분이 그리스와 한국 기업의 전화였다. 때로는 한국어로 때로는 그리스어와 영어로 여러 언어를 사용해 가며 응대를 했다. 종종 다른 유럽 지역의 전화도 걸려오곤 했는데, 그렇게 자주 있지는 않았다. 점심시간이 지나고 나서부터 한국 전화는 거의 받을 일이 없다. 한국의 직장인들은 퇴근했을 시간이기 때문이다. 이제부터 오는 전화는 대부분 그리스에 관련된 것이라고 생각하면 된다. 상황에 맞게 적합한 호칭부터 쿠션 멘트까지 응대에 많은 신경을 썼었다.

우리나라엔 없는 서머 타임도 신기했고 시차 때문에 이렇게 독특한 업무 패턴이 형성되는 것도 신기했다. 초반엔 적응하는 것이 어려웠다. 아직 자리에 앉지도 않았는데, 내 짐을 자리에 정리하지도 못했는데 전화벨이 울린 적도 있었다.

전화 응대의 핵심은 벨 소리가 여러 번 울리기 전에 받을 것, 쿠션 멘트를 적절히 활용하는 것이었다. 출국 전 코트라 본사 OT에 참석했을 때 전화 응대 교육을 간단히 이수했었다. 이때 쿠션 멘트에 대해 처음 접했다. 정말 간단한 교육이었기에 아테네 무역관에 와서 다시 한번 전화 응대 매뉴얼을 살피고 준비했다. 최대한 빨리 전화를 받아야 하기 때문에 전화가 울리는 순간 조건반사처럼 수화기를 낚아챘다. 전화 응대에 미숙할 때는 이 타이밍이 나에게 제일 어려운 부분이었다. 다른 직원께서 이 전화를 받을지 받지 않을지 혼자 눈치 싸움을 하곤 했다. 내가 지금 바로 전화를 받아야 하는 것인지 아닌지 스스로 결정하는 것이 어려웠다. 적응 후에는 무조건 전화벨이 한 번 울린 이상 바로바로 받았다. 타이밍뿐만 아니라 상대방과 대화를 나누는 것도 초반엔 굉장히 어려웠고 매번 알 수 없는 랜덤 미션을 하는 기분이었다.

한 번에 한 가지 업무만 하는 것이 아니라 여러 업무를 동시에 해야 한다는 점이 너무나 난감했다. 아직 완료하지 못한 업무들이 쌓여 있는데 또 새로운 업무를 받게 되는 것이다. 무엇부터 해야 할지 우왕좌왕했었다. 이런 경우 업무에 우선순위를 부여하고 어떤 시간대에 처리할지도 대략적으로 지정해서 해결했다. 이렇게 분배해서 업무를 처리하면 더욱 더 정확하게 빠진 것 없이 효율적으로 일 처리가 가능했다. 특히, 오전에 전화 응대를 할 일이 워낙 많다 보니 중간중간 전화를 받으면서 진행할 수 있는 업무를 했다. 상대적으로 단순하게 처리할 수 있는 업무를 했다. 자료 정리나 번역 업무의 마무리를 이 시간을 활용해 처리했다. 전화 응대를 하느라 업무의 흐름이 자꾸 끊겨 찾아낸 방법이었다.

정신없이 업무를 하다 보면 금방 점심시간이 된다. 직원들과 함께 오늘 먹을 메뉴를 고르고 주문을 한다. 함께 점심을 사러 나갔다 올 때도 있었고 배달시켜 둔 음식을 받으러 갈 때도 있었다. 점심시간이 빠듯하지는 않았지만 그래도 아예 밖으로 나가서 먹고 오는 경우는 거의 없었다. 점심시간쯤에 건물 밖으로 나가면 바깥에 많은 사람이 나와 있는 모습을 볼 수 있다. 특히 햇빛이 잘 드는 쪽에 자리를 잡고 대부분의 사람이 실내보다 뜨거운 햇빛 근처에서 커피를 마시며 여유를 즐기고 있는 모습을 자주 볼 수 있었다. 점심시간이 아닌 시간대에도 잠시 외출할 때가 있었는데, 언제 나가든 항상 야외 테이블에 사람들이 모여 있었다. 직장인들로 보였는데, 바쁜 직장 생활 중에도 차 한 잔의 여유를 꼭꼭 챙기는 모습이 부럽기도 하고 신기했다. 확실히 그리스인들은 여유롭고 느긋하고 조급해하지 않는다.

업무를 할 때는 엉망진창이지만 어떻게든 완성해서 제출만이라도 하자, 하고 제출하는 대학 리포트와 차원이 다른 실제 업무이기 때문에 나만의 완성도의 기준을 높게 잡았다. 업무를 하다 막히면 바로 중지하고 매뉴얼을 다시 살폈다. 매뉴얼을 보더라도 해결되지 않는 것들이 많았는데, 그럴 경우에는 이전 근무자가 했던 것을 다시 확인했다. 그러면 대부분은 해결이 가능했다. 이전 근무자가 했던 업무가 아닌 완전히 새로운 업무라면 다른 국가의 인턴이 다루었던 자료를 찾아보았다. 이렇게 했는데도 해결이 어려우면 내가 맡은 업무와 유사한 사례들을 구글과 여러 검색 포털을 활용해 열심히 조사를 시작했다. 코트라 홈페이지의 해외시장 뉴스 카테고리는 날씨 애플리케이션만큼 정말 자주 접속했고 정말 자주 정독했다. 아예 북마크 바에 링크까지 걸어두었다. 비록 모두가 다른 국가에서 근무하고 있지만 종종 유사한 제품군에 대한 뉴스를 발견할 수 있었고, 유사 제품군이 아니더라도 홈페이지에 업로드된 자료들은 모두 아주 잘 작성된 모범 답안과도 같았기에 뉴스를 정독하는 것만으로도 많은 공부가 되었다. 나와 비슷한 제품군인 뉴스가 하나쯤은 있을 테니 그런 뉴스들을 열심히 찾아서 읽어보고 가이드라인을 잡는 방식으로 공부해 나갔다.

근무하면서 맞춤법과 띄어쓰기에도 엄청 공들이게 되었다. 양식을 지키는 것에도 많은 신경을 썼다. 업무 시에는 물론이고 더 익숙해지기 위해 직원들과 아주 간단한 이메일을 주고받을 때도 메일 양식을 지키기 위해 노력했다. 따로 양식이 주어지지 않는 경우에는 최대한 양식에 맞춘 듯이 문서를 작성했다.

직원분들께서는 항상 인턴을 최대한 배려해 주셨다. 되도록 불필요한 연장 근무를 하지 않게끔 해주셨고, 부담을 느끼지 않게 정시 퇴근을 할 수 있도록 해주셨다. 퇴근 시에도 나는 출근 때와 마찬가지로 모든 직원분에게 인사를 드린 후 로비에 있는 리셉션 데스크 직원들께도 인사를 했다. 출근 때 했던 것처럼 동일한 버스를 이용해 퇴근했다. 퇴근 후에는 주로 집에서 요리를 해 저녁을 챙겨 먹었고 귀찮을 때면 종종 배달 음식을 시켜 먹었다. 혹은 신타그마 광장 근처에서 외식을 하기도 했다. 신타그마 부근은 쇼핑할 수 있는 상점들도 많고 음식점도 굉장히 많기 때문에 항상 많은 사람으로 북적였다. 나에게 신타그마 광장은 생기 넘치는 젊음의 거리로 기억 속에 남아 있다. 그나마 꼽아 본다면 우리나라의 강남역과 비슷한 분위기라고 생각하면 좋을 것 같다. 아테네에서 지내게 된다면 신타그마 광장을 자주 찾게 될 것이다. 필요한 화장품과 의류 등을 한 번에 구매할 수 있고 식사까지 해결할 수 있는 그야말로 인기 있는 장소이다.

아무래도 아테네의 중심부이다 보니 관광객들도 많이 볼 수 있었다. 그리스는 다른 유럽 국가에 비해 아시아인들이 상대적으로 적은 편에 속하는데, 신타그마 광장만큼은 관광객들로 붐볐고 특히 아시아인들을 가장 많이 볼 수 있는 장소 중 하나였다. 공항에서 아테네로 들어오는 시외버스도 이용할 수 있고 외곽 지역으로 나갈 수 있는 버스 노선들도 있기에 여행을 떠나는 그리스인들보다도 관광 온 관광객들을 많이 볼 수 있는 장소였다. 항상 아테네 투어 버스가 움직이고 있었고, 길거리에서는 자유롭게 악기를 연주하는 뮤지션들, 친구들과 함께 여가 시간을 보내러 온 대학생들까지 정말 다양한 사람들을 마주칠 수 있었다.

그리스 아테네 플라카 지구(Plaka, Πλάκα)

퇴근 후에는 엄청나게 배가 고프기 때문에 함께 지내는 동기와 만나 바로 식당을 찾아가 저녁식사부터 했다. 나는 동기보다 한 시간 일찍 퇴근하기 때문에 우리 회사 근처에서 만나는 경우엔 중간에 시간이 비었다. 주로 쇼핑을 하거나 사무실에 있느라 찌뿌둥했던 몸을 움직여 산책을 했다. 날이 너무 더운 날에는 항상 카페 그리고리스(Grigoris, Γρηγόρης)에 들어가 기다리기도 했다. 그리고리스는 그리스에서 매우 흔하게 찾아볼 수 있는 카페 체인점으로 음료가 정말 저렴하고 내부가 굉장히 시원했다. 그리스의 가게는 오픈된 곳이 많고 야외 테이블이 대부분이라 내부도 더운 편이었는데, 그리고리스만큼은 우리나라의 일반 카페처럼 굉장히 에어컨이 잘 작동되어 매우 시원했다. 우리나라의 카페와 가장 유사한 곳이 그리스의 그리고리스라고 생각한다.

그리스 아테네 풍경(Athens, Αθήνα)

아테네 가게의 야외식

신타그마에서는 우리나라의 번화가처럼 보세 옷 가게보다는 스파 브랜드 매장을 더 흔하게 찾아볼 수 있었다. 주로 출근할 때 입을 옷들을 구매했고 날씨가 추워지면 세일 기간을 노려 외투를 사 입곤 했다. 쇼핑하는 것은 언제나 즐거웠지만 우리의 목적은 따로 있었다. 매일 옷 매장에 자주 들러 세일 기간을 확인해야 저렴하게 옷을 구매할 수 있었다. 월말이 다가올수록 더 많은 품목을 할인하기 때문에 자주 들러서 확인하는 것이 중요했다. 또 맞는 사이즈를 구매하기 위해서는 다른 구매자들보다 부지런해야 했다.

종종 그리스인 친구들과 함께 만나기도 하였다. 만나는 약속 장소를 결정할 때도 주로 신타그마 광장을 꼽았다. 골목길을 꺾어서 들어가다 보면 보드게임 카페도 있었다. 우리나라처럼 방 탈출 카페도 있고 보드게임 카페도 있다는 사실이 정말 놀라웠다. 안쪽 골목으로 조금 더 들어가면 카페 거리가 나온다. 이곳의 카페들은 모두 외관이 독특했고 개성적이었다. 외관만 특이한 것이 아니라 카페의 내부까지 많은 신경을 쓴 듯했다. 유니크한 콘셉트의 인테리어들을 많이 볼 수 있었고 주로 팬케이크 같은 디저트와 카페 메뉴를 판매하고 있었다.

카페 거리의 가게 중 가장 눈에 띄는 곳이 있었는데, '리틀 쿡'이라는 곳이었다. 판타지 동화 콘셉트처럼 보이는 카페였는데, 이곳은 계절별로 카페의 테마가 달라진다고 했다. 이곳의 디저트 또한 정말 다른 카페와 다르게 화려하고 알록달록한 색감을 사용한 메뉴들이 많았는데, 굉장히 맛있고 달콤해 스트레스가 한 번에 날아가는 듯했다. 한국에서 달콤한 디저트가 먹고 싶어질 때면 아직도 생각이 나는 곳이다. 만약 신타그마 광장에서의 쇼핑도 식사도 모두 즐겨보았다면 보드 카페와 같은 이색 카페에 방문해 보는 것을 추천한다. 색다른 경험이 될 것이다.

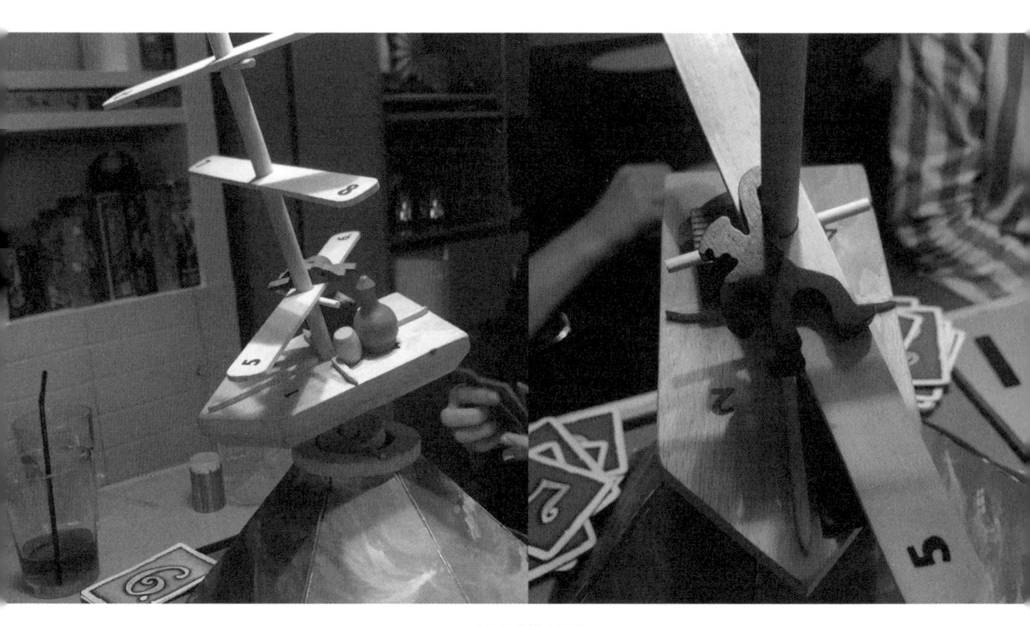

보드게임 카페

카페 거리

카페 리틀 쿡(Little Kook)

카페 리틀 쿡 디저트

아시안 푸드 음식점의 인테리어

외식을 하지 않고 집에서 저녁을 먹을 경우, 시간 분배를 잘해야 했다. 평일 낮 시간 동안에는 회사에 있기 때문에 퇴근하자마자 빨래를 돌리고 집안일을 해야 했다. 특히, 빨래하는 타이밍이 중요했다. 자칫하다가는 수건이 부족해지거나 출근할 때 입을 슬랙스 바지가 덜 마르거나 할 수 있기 때문이다. 또 함께 사는 룸메이트들이 있기 때문에 서로 세탁기를 겹치지 않고 잘 사용할 수 있으려면 다른 사람이 집에 있지 않는 시간대를 잘 활용해 미리미리 세탁기를 이용하는 것이 좋았다. 빨래 건조대도 작은 크기의 간이 건조대만 있어서 한쪽 켠을 이용해 잘 널어두어야 했다. 세탁기를 돌려놓고 밥을 지어두면 시간이 딱 알맞았다. 간단한 반찬거리들을 꺼내놓고 넷플릭스와 함께 저녁을 먹었다.

우리는 집에서 저녁을 먹을 때는 주로 한국에서 먹던 반찬과 비슷하게 챙겨 먹으려고 노력했다. 특히 계란을 이용한 요리를 가장 자주 했는데, 계란이 싸고 양도 많고 가장 손대기 쉬운 요리였기 때문이다. 그리스에서 지내는 5개월 동안 계란프라이는 거의 하루도 빠지지 않고 먹었던 것 같다. 가장 빠르고 쉽게 할 수 있는 반찬이었다. 소시지도 필수였는데, 양이 많아 남기게 될 경우 저녁식사 후에 맥주 안주로 제격이었다. 쌀은 우리나라에서 먹던 것과 가장 유사한 것을 찾는데 시간이 조금 걸렸다. 보통 해외에서 구할 수 있는 쌀은 후 불면 날아가는 얇고 길쭉한 쌀이 대부분이다. 최대한 한국에서 먹던 것과 비슷한 쌀을 찾아내기 위해 우리는 많은 쌀을 구매해 밥을 지어보았고 결국에는 딱 맞는 제품을 찾아냈다.

우리나라의 쌀과 가장 유사한 제품

저녁식사를 마무리한 후에는 빠르게 뒷정리를 했다. 맥주나 와인 한 잔을 하며 넷플릭스를 시청하는 시간을 꼭 가졌다. 이 시간은 동기와 내가 하루 중 가장 좋아하는 시간이기도 했다. 길었던 하루를 마무리하기 전 함께 오늘 있었던 일을 공유하고 있다 보면 피로가 싹 날아갔다. 또 맛있는 술도 간단하게 곁들이니 너무 여유롭고 좋았다. 여름철에는 대형 마트에서 여러 묶음으로 할인해서 판매하는 그리스 맥주를 마셨고 늦가을쯤 날이 점점 추워지기 시작하면 와인을 구매해 마셨다.

항상 동기와 얘기했던 것이 '그리스는 정말 여유롭고 좋다.'였다. 한국에서는 학교에 다니느라 항상 바빴고 과제와 시험 기간 때문에 힘들었던 기억이 많은데, 그리스에 온 뒤로 학업 스트레스에서 벗어나니 너무 여유로웠다. 물론 출근을 해야 했지만 학업과는 또 다른 일상이 나에게는 매일매일 새롭기도, 즐겁기도 했고 퇴근 후 주어지는 자유도 너무나 좋았다. 현재 지금 이 순간을 제대로 즐기고 만끽하는 기분이었다.

간단한 술과 넷플릭스 시청을 끝내면 각자의 방에서 시간을 보냈다. 함께 사는 동거인과 좋은 관계를 유지하기 위해서는 각자의 개인 시간을 존중하고 보장해 주는 것이 정말 중요하다. 다 마른빨래를 걷어 정리하고 내일의 출근을 위해 잠자리에 들 때면 오늘 하루도 알차게 보낸 것에 뿌듯한 마음이 들었고 내일도 열심히 출근해서 일하고 먹고 마셔야지, 라는 생각을 하며 잠이 들었다.

주요 업무

✦

각 국가로 파견 가기 전 학교에서 한 번, 한국의 KOTRA(코트라) 본사에서 한 번 총 두 번의 OT가 진행됐다. 학교에서는 주의 사항과 파견 절차에 대해 다시 한번 간단하게 안내받았다. 본사에서 역시 여러 주의 사항에 대해 안내받고, 파견 시 인턴이 하게 될 업무에 대한 설명을 듣게 될 것이라 했다. 코트라 본사는 양재시민의숲역 근처에 위치해 있어 나는 지하철에서 내려 본사로 향했다. 따로 전달받은 복장 규정은 없었지만, 화이트 색상 셔츠에 슬랙스를 입고 OT에 참석했다. 나뿐만 아니라 대부분의 학생이 화이트 셔츠와 슬랙스 차림이었다. 확실한 규정이 없다면 나는 가장 정석 차림의 복장을 갖추고 가는 것이 좋을 것 같아 입고 간 옷이었는데, 그러길 잘했다는 생각이 들었었다.

두 OT 모두 공통적으로 강조한 부분은 무엇보다도 안전에 관한 부분이었다. 학교와 코트라 측은 인턴의 안전과 치안에 많은 신경을 쓰고 있다는 것을 알 수 있었고, 위급한 경우 어떠한 조치를 취해야 할지 안내받았다. 학교의 진로취업센터 역시 인턴의 파견 준비를 위해 많은 도움을 주신다. 인턴들은 학교 진로취업센터의 담당자에게 궁금한 점에 대해 언제든지 문의할 수 있었고 항상 빠르게 답변을 받을 수 있었다.

코트라 인턴의 주요 업무는 전화 응대와 해외시장 뉴스 번역 및 작성이다. 전 세계 어느 무역관의 인턴으로 파견을 가든 이 두 가지는 공통적으로 해당되는 업무일 것이다. OT 때 전화 응대를 하는 방법과 매뉴얼에 관한 프레젠테이션 설명을 보며 직접 연습할 수 있는 시간을 가졌다. 상황을 설정해 직접 연기하며 보여주시기도 했는데, 쿠션 멘트를 잘 활용하는 것이 중요한 포인트라고 알려주셨다. 특히, 전화 응대 시 벨소리가 여러 번 울리기 전에 최대한 빠르게 전화를 받는 것이 좋다고 강조하셨다. 전화를 마무리할 때도 끊기 직전에 상대방이 추가적으로 문의를 할 수 있으니 내가 먼저 끊지 않고 상대가 먼저 끊을 때까지 기다려야 하는 것이 매뉴얼이었다.

처음 설명을 듣고 적혀 있는 기본 매뉴얼을 읽었을 땐 굉장히 간단한 업무처럼 보였다. 아이스크림 가게 아르바이트를 했을 때도 종종 매장으로 걸려온 전화를 받을 때가 있었는데, 그것과 비슷한 느낌이지 않을까 하고 생각했다. 다양한 상황에 맞춰 옆자리 사람과 매뉴얼대로 연습을 해보았고 집에 가서도 여러 번 읽어보며 입에 붙을 수 있도록 연습했다.

그리스로 도착한 후 아테네 무역관에 출근한 첫날 가장 처음 했던 업무 역시 전화 응대였다. 역시 전화 응대에 대해 강조하셨고, 상대방을 기다리게 하지 않고 빠르게 받는 것이 중요하다고 말씀하셨다. 배정된 내 자리에 앉자마자 전화가 울렸고 나는 그 짧은 찰나에 이 전화를 바로 받아야 하는 것인지 고민했다. 분명 모든 직원이 출근해 있는 것을 보았고 자리에 있는 것을 보았는데, 내가 지금 받아도 되는 것일지 확신이 서지 않았다. 또 받는다면 첫마디로 어떤 말을 꺼내야 할지 머릿속이 새하얗게 됐다. OT 때부터 그리스에 오기 전까지 읽었던 매뉴얼은 단 한 글자도 기억나지 않았다. 짧은 순간이었지만 너무 당황스럽고 순식간에 전화가 걸려오고 또 바로 끊겼기에 상황 파악을 할 새도 없었다. 이 일을 겪고 난 뒤 내가 아르바이트 때 받았던 전화는 비교조차 안 되는 업무였다는 것을 깨달았다. 이후 몇 차례 더 전화가 걸려왔는데, 활용할 수 있는 다양한 멘트가 필요하다고 느꼈고 어떠한 상황이 닥쳐도 응대할 수 있게끔 나만의 매뉴얼을 만들어야겠다고 결심했다.

본사의 기본 매뉴얼을 펼쳐놓고 회사 내에서 일어날 수 있는 대부분의 상황을 마인드맵 하듯이 적어보았다. 예를 들어, 담당자를 찾는 전화가 왔을 때 담당자가 자리에 있는 경우와 없는 경우로 나누어 상황별로 대화 매뉴얼을 작성했다. 실제로도 가장 많이 걸려온 전화였다. 또 자리에 있을 경우 바로 전화를 돌려주면 되지만, 자리에 있지 않는 경우 메모를 남겨둘 것인지 혹은 나중에 다시 전화할 것인지 반드시 확인했다. 메모를 남길 때도 어떤 기업의 누구에게 걸려온 전화인지 발신자를 반드시 적었고, 전하고자 한 내용, 전화가 걸려온 시간과 수신자인 내 이름을 함께 기재해 두었다. 그래야 메모를 받아서 보는 직원들도 언제 어디서 누구에게 걸려왔던 전화인지 빠르게 파악이 가능할 것이고 추가적으로 물어볼 것이 있는 경우 수신자인 나에게 바로 문의가 가능하기 때문이다.

초반에는 출근만 했다 하면 잔뜩 긴장이 되고 오늘은 어떤 전화가 걸려올까 두려웠다. 근무 시 더 자연스럽게 대화를 주고받기 위해 퇴근 후에도 내가 작성한 매뉴얼을 활용해 연습했다. 주로 그리스 기업의 전화가 오전에 밀려오기 때문에 영어로 응대해야 했다. 아테네 무역관에 한국인들이 많은 것을 아는 그리스인들이 영어로 문의를 주기 때문이다. 그리스어로도 문의하는 분들이 계셨는데, 초반에는 그리스 특유의 억양과 강세를 파악하는 것이 어려웠다. 몇 번 전화를 받다 보니 공통적으로 사용하는 단어와 문장들을 알게 됐고 공책에 따로 적어둔 뒤 말로도 내뱉어 보며 연습했다.

나중에는 영어 버전으로만 만들어 두었던 매뉴얼을 한국어와 그리스어 버전으로도 만들어 필요 시 재빠르게 활용할 수 있도록 했다. 세 가지 버전의 매뉴얼을 가지고 있으니 마음이 든든해졌고 바짝 얼어 있기만 했던 나는 차츰 적응해 나갈 수 있었다. 내가 만든 상황별 매뉴얼은 정말 유용했다. 어떠한 상대방이든 맞춤으로 활용할 수 있었다. 그렇다 해도 매번 모든 매뉴얼을 활용할 수 있는 것은 아니었다. 종종 돌발 상황이 생기기도 했다. 사무실의 보수 공사를 위한 전화나 꽃 배달과 같은 전화도 걸려왔다. 최대한 친절하고 차분한 목소리 톤을 유지하면서 쿠션 멘트를 활용해 대처했다. 며칠, 몇 주가 지나고 한 달쯤 됐을 땐 매뉴얼 없이도 능숙하게 전화 응대를 할 수 있게 되었다. 전화벨이 울리면 자동으로 한 손으로는 수화기를 붙잡고 한 손으로는 메모지 위를 움직이며 물 흐르듯 응대하고 있었다.

서머 타임 때 그리스와 한국의 시차는 6시간이다. 내가 출근하고 얼마 지나지 않아 한국의 직원들이 퇴근을 시작한다. 그렇기 때문에 오전 시간에는 주로 한국 기업의 전화 응대를 할 일이 많았다. 한국에 있는 직원들이 아테네 무역관 직원들이 출근해 문의 전화를 받아줄 것을 기다리고 있기 때문이다. 한국뿐만 아니라 한국과 시차가 비슷한 다른 아시아 지역의 기업들도 마찬가지였다. 오전에 한 번 전화 응대로 휘몰아치고 나면 그 후엔 그리스 기업이다. 나와 비슷한 시간대에 일을 시작하는 그리스의 직원들이 이제 문의 전화를 하기 시작한다. 업무에도 일정한 패턴이 있다는 것을 깨달은 뒤, 오전에는 한국어 버전과 영어 버전의 매뉴얼을 준비해 두었고 오후에는 그리스어 버전과 영어 버전의 매뉴얼을 준비해 두었다. 물론 항상 이런 패턴이었던 것은 아니었다.

아테네에 온 지 한 달 반이 지났을 때 그리스 기업의 전화를 받았던 적이 있다. 당시 매우 급하게 처리해야 할 일이었는지 서두르는 것이 수화기 너머로까지 느껴질 정도였다. 담당자께 메모를 평소보다 자세히 남기고 최대한 빨리 응답할 수 있도록 도와주겠다고 답변을 했었다. 그 후 일이 잘 마무리되었고, 다른 업무로 그 직원의 전화를 받았을 때 덕분에 빠르게 해결할 수 있었다는 말을 들었다. 가볍게 건넨 말이었을 테지만 당시 나에게는 그 한마디가 너무나 큰 힘이 되었다. 이후 자신감이 붙었고 비록 서로 얼굴은 마주 볼 일은 없을 테지만 전화 응대를 할 때 더더욱 친절하고 웃는 얼굴로 응대해 나갈 수 있게 되었다.

인턴의 또 다른 주요 업무는 해외시장 뉴스이다. 전화 응대만큼 중요한 업무이다. 각 국가의 무역관에서는 현지 시장 조사를 통해 현재 상황은 어떠한지 미래 전망은 얼마나 되는지 등 관련 내용을 요약하고 정보를 전달하기 위한 뉴스를 업로드한다. 뉴스의 주제는 상품이 될 수도 있고, 사회, 경제, 서비스 등 굉장히 다양하다. 그리스 현지 상황을 한국의 기업과 관련 업종에 종사하고 있는 사람들에게 정보를 전달하는 것이 주요 목적이다. 신문 기사처럼 문체는 간결하면서도 핵심 내용을 빠짐없이 전달할 수 있도록 해야 했다.

해외시장 뉴스를 비롯한 대부분의 보고서는 개조식으로 작성해야 한다. 개조식은 글을 쓸 때 중요한 단어들을 나열하고 요약해서 작성하는 방식인데, 대학교에서 과제용 리포트만 작성해 보았던 나는 개조식으로 보고서 작성을 한 경험이 없었다. 문장으로 끝맺음하지 않는 것이 어색했고 몇 번을 고쳐봐도 매끄럽게 읽히지 않았다. '문장이 아닌 단어로만 기사를 어떻게 쓴단 말이지?'라는 생각이 들었다.

영어로 작성된 자료들을 정확하게 이해하는 것부터 난간이었다. 다른 직원분께서 조사한 자료를 나에게 넘겨주시면 그 자료들을 꼼꼼하게 읽고 파악해야 한다. 완벽하게 이해한 뒤 한국어로 전체 번역을 진행한다.

화장품이나 패션 등 나에게 익숙한 주제를 다룰 때는 자료 내용을 파악하는 것이 비교적 수월했다. 선박 제품이나 기계류를 맡았을 때는 주어진 자료의 파악은 물론 더 잘 이해하기 위해 관련 자료를 추가로 찾아서 부족한 부분을 보충했다. 기계 같은 경우 텍스트 설명만으로는 감이 잡히질 않아 구글 검색은 물론 유튜브 영상까지도 자주 찾아보았다.

그리스는 선박업으로 유명한 국가였기 때문에 특히 선박 관련 제품을 다룰 때가 많았다. 선박용 공기 압축기라니, 난생처음 다루어 보는 산업군인 데다 살면서 듣지도 보지도 못한 제품들이었다. 구글에 선박 관련 키워드를 넣어 검색하기도 하고, 때론 선박의 도면을 살펴보기도 했다. 선박의 어느 위치에 사용되는 부품인지 알기 위해서였다. 내가 맡은 업무이니 스스로 최대한 공부하고 할 수 있는 한 어떻게든 끝까지 해내고 싶었다. 혹은 아마존에 접속해 유사한 제품들이 있는지 확인해

보기도 했다. 직접 어떻게 생겼는지 제품의 생김새와 제품 설명을 읽으며 내가 작성할 뉴스 주제에 대한 이해도를 높였다.

자료를 파악한 다음 영어로 적혀 있는 단어와 문장을 한국어로 자연스럽게 번역해야 했다. 번역 작업이 우선적으로 이루어지지만 번역투가 나와서는 안 됐다. 문장이 매끄럽게 읽힐 수 있도록 의역해야 했다. 번역 작업을 한 내가 아닌 다른 사람들이 보기에도 바로 어떤 제품을 지칭하는지 알 수 있도록 직관적으로 번역하는 연습을 정말 많이 했다.

전체적으로 번역본이 완성됐다면 이제 번역본을 가지고 핵심 내용만 남을 수 있게 요약한다. 이때 필요한 내용과 필요하지 않다고 생각되는 내용을 잘 걸러내는 과정이 중요하다. 번역본에서 반복되는 내용을 우선적으로 삭제해 1차 수정을 한다. 간추려진 내용을 서론, 본론, 결론으로 가이드를 잡아 2차 수정을 한다. 2차적으로 걸러진 내용을 바탕으로 해외시장 뉴스의 형식에 맞추어 적절히 배치해 3차 수정을 한다. 해외시장 뉴스의 형식에 어긋나거나 배치된 부분에서 벗어난 내용을 삭제해 4차 수정을 한다. 4차 수정까지 완료했다면 나는 프린트로 인쇄해 모니터가 아닌 종이에 적혀 있는 4차 수정본을 꼼꼼히 읽었다. 빠트린 내용은 없는지 혹은 생략해도 될 내용은 없는지를 확인한다. 여러 차례 검토한 번역본을 토대로 본격적으로 뉴스 작성을 시작한다. 정렬되지 않은 채 나열된 문장을 정돈하고 개조식으로 작성해 나간다. 이후부터는 계속해서 문장을 다듬고 토막 내 핵심 단어로만 이루어진 뉴스가 나올 수 있도록 수정했다.

뉴스 작성 업무를 맡은 초반에는 내용을 요약하는 것이 너무나 어려웠다. 보기엔 전부 다 중요한 내용 같았고 빠트리면 안 될 것 같다고 생각했다. 간결해야 할 뉴스에 많은 것을 전부 담아내려다 보니 내용에 두서가 없는 느낌이 들었다. 그래서 생각해 낸 방법이 단계별로 차근차근 수정한 후 종이로 인쇄해 확인하는 방법이었다. 종이에 적힌 수정본은 마치 책을 읽는 느낌이 들었고 부자연스럽게 의역된 부분을 골라내는 것이 수월했다.

해외시장 뉴스의 본문을 완성했다면 마지막 남은 단계는 헤드라인 작성이다. 일반 기사처럼 해외시장 뉴스 역시 헤드라인을 작성해야 했다. 헤드라인만 보고도 기사의 전체적인 내용을 파악할 수 있듯이 해외시장 뉴스도 헤드라인을 설정하는 것이 중요했다. 이때 꿀팁은 헤드라인을 먼저 작성하는 것이 아니라 뉴스를 완성시킨 후 헤드라인을 정하는 것이다. 지금까지 어떠한 리포트를 작성하더라도 제목을 정하고 써 내려갔었다. 해외시장 뉴스는 반대로 작성했다.

뉴스를 작성하다 보면 반복적으로 등장하는 키워드가 있을 것이다. 그런 키워드를 간추려 쭉 나열해 보고 뉴스를 대표할 수 있는 한 가지 단어만 남게끔 소거해 나간다. 그러면 자연스럽게 키워드와 관련된 핵심 문장을 뽑아낼 수 있을 것이다. 마땅한 헤드라인이 떠오르지 않더라도 뉴스를 쭉 작성하면서 어떤 부분을 강조하고 어떤 키워드가 들어가는 것이 좋을지 지속적으로 고민하다 보면 좋은 아이디어가 떠오르곤 했다.

이렇게 해도 마땅한 제목이 떠오르지 않는다면 다른 사람이 작성한 뉴스를 보러 가자. 코트라 홈페이지의 해외시장 뉴스 카테고리에 접속하면 수많은 뉴스를 볼 수 있을 것이다. 많이 보는 것만큼 좋은 공부도 없다. 현재 작성하고 있는 뉴스의 주제와 비슷한 글을 검색해 많이 읽고 감을 익히는 연습을 한다. 특히 모범 사례로 뽑힌 해외시장 뉴스를 읽는 것이 내겐 큰 도움이 됐다. 이때 중요한 것은 모니터 상으로 보는 것이 아니라 또다시 프린트로 인쇄해 직접 눈으로 활자를 보아야 한다는 것이다. 모니터 상으로 보이는 뉴스와 종이로 인쇄된 뉴스는 독자에게 주는 느낌부터 정말 다르다. 화면상으로 발견하지 못했던 어색한 부분이나, 생각지 못했던 키워드를 발견할 수도 있을 것이다. 키보드가 아닌 연필로 직접 수정해 나가면서 눈과 손으로 노력했다. 많이 읽어보고 많이 작성하는 것이 최고의 연습이다.

그리스의 휴가철

✦

유럽은 우리나라에 비해 여름휴가를 굉장히 길게 보내는 편이다. 당연히 어느 정도 직원 간 상의한 후에 일정을 조율하겠지만 다들 길게 휴가를 다녀오는 분위기였다. 그렇기 때문에 사무실에 며칠 동안 자리를 비우는 직원분들을 종종 볼 수 있었다. 다른 회사도 마찬가지였다. 덥고 지치는 여름에 긴 휴가를 떠나는 것이 당연시되는 분위기였다. 이건 그리스만 그런 것이 아니라 다른 유럽 국가들도 비슷한 것 같았다. 휴가철에 회사에 남아 있는 직원들이 상대적으로 많이 없고 직원들이 자리를 비우기 때문에 업무에도 영향이 미칠 수밖에 없었다. 그 시기에는 다른 때보다 해야 할 일이 적었고 전반적으로 여유로운 근무 환경이 조성되었다. 내가 인턴으로 들어온 지 얼마 되지 않았을 때도 그리스는 휴가철이었기 때문에 비교적 여유로운 시기였었다. 아직 많은 게 미숙하고 어려운 나에게 이 시기는 정말 고마웠다. 내가 맡게 된 업무의 매뉴얼을 여러 번 숙지할 수 있었고 업무 파악을 위해 공부할 시간도 많아서 굉장히 다행이었다.

문제는 따로 있었다. 바로 대중교통 이용이었다. 나는 출퇴근을 하기 위해서 반드시 버스를 이용해야 했는데, 버스를 운전하는 버스 기사님들도 휴가를 가는 시기였다. 이 시기에 그리스는 버스 운행도 감소한다고 했다. 실제로 한동안 버스 배차 간격이 길고 원래 자주 다니던 버스도 잘 보이지 않아서 난감했던 적이 여러 번 있었다. 여러모로 여름휴가에 대한 분위기가 우리나라와는 달라서 나는 굉장히 놀라웠던 기억이 있다.

코트라의 인턴에게도 한 달에 한 번 휴가 일수가 주어진다. 근무 기간이 1년 미만이지만 우리에게도 휴가 일수가 제공된다는 점이 놀라웠고 솔직히 말하면 너무나 좋았다. 휴가를 쓸 수 있을 것이라곤 상상도 못 했기 때문이었다. 나는 5개월의 단기 프로그램이었기에 사용 가능한 휴가 날짜가 총

5일이었다. 또 내가 근무했던 아테네 무역관은 그리스의 공휴일에만 휴무인 것이 아니라 우리나라의 5대 국경일에도 일을 쉬었다. 이 부분도 굉장히 신기했다. 아무래도 우리나라에 본사를 두고 있는 우리나라의 공기업이기 때문에 동일하게 적용되는 것 같았다.

꿀팁 1: 기본

✦

의

남유럽 발칸반도에 위치해 있는 그리스는 전형적인 지중해성 기후로 여름엔 고온 건조하고 겨울엔 혼합형 기후로 저온 다습하다. 상상하기 어렵겠지만 굉장히 습한 우리나라의 여름과 다른 뽀송한 여름이라고 생각하면 된다. 나는 기온이 높고 더위가 절정에 다다른 시기인 8월 아테네에 처음 도착했는데 '한국보다 백배는 낫다!'라고 생각했다. 우리나라의 여름을 견뎌내 본 한국인이라면 그리스에서의 생활은 수월할 것이라고 예상한다. 하나도 덥지 않다고 하면 당연히 거짓말

이겠지만 습하지 않기 때문에 그늘로만 가도 더위를 피할 수 있어 아무리 기온이 치솟아도 생활하는 데 문제는 없었다.

그리스 아테네(Athens, Αθήνα)

또 그리스는 비가 자주 내리지 않는 편이라고 했다. 그리스에서 지냈던 여러 사람의 말에 의하면 우산을 펼쳐본 기억이 거의 없다고 했다. 나는 어딜 가도 비를 몰고 다니는 사람인데 그리스에서도 그랬다. 내가 그리스에서 지내는 동안 비가 무척이나 자주 내렸다. 한국만큼은 아니었지만 우산을 챙겨 다닌 날들이 꽤나 많았다. 왜인지 모르겠는데 이번 연도에 그리스에 비가 많이 내린다며 모두 어리둥절해 했다. 심지어 그해에는 잘 오지 않는다는 지중해성 허리케인인 메디케인(Medicane)도 왔었다. 그리스는 우리나라처럼 24시 편의점 같은 곳이 없기도 하고 거리에 있는 가게에서 우산을 쉽게 구할 수 있는 편이 아니다. '점보(Jumbo)' 같은 대형 가게에서나 우산을 찾아볼 수 있었다. 점보는 우리나라에서 흔하게 볼 수 있는 '다이소' 또는 일본의 '돈키호테'와 비슷한 대형 가게라고 생각하면 된다. 저렴한 우산 하나쯤은 미리 구매해 두는 것이 좋다.

우리나라에서는 1인 1손풍기일 정도로 많은 사람이 손풍기를 사용하고, 또 여름철이면 어디서든 손풍기를 구매할 수 있다. 나 또한 여름이 되면 손풍기는 필수로 챙겨 나가는데, 이 손풍기를 그리스에 챙겨갈지 말지 정말 많이 고민했다. '고작 그 조그마한 손풍기 하나 자리 차지 얼마나 한다고.'라고 생각할 수 있겠지만, 캐리어에 짐을 챙기다 보면 이런 사소한 물건 하나하나가 모여 어린아이 몸무게를 만들어 낸다. 위탁 수화물 규정을 초과하지 않으려면 신중해야 했다. 한 달 먼저 그리스에서 생활하고 있던 동기가 손풍기를 1순위로 챙기라는 말을 메신저에 불이 나도록 얘기해 주었기에 나는 여러 개를 챙겨갔다. 이것은 '2018년 내가 가장 잘한 일 TOP5' 안에 드는 일이었다.

아무리 뽀송한 여름이래도 여름은 여름이었다. 모든 거리가 그늘로 이루어진 것도 아니기 때문에 손풍기는 그리스에서도 외출 시 필수품이 됐다. 무엇보다도 그리스의 대중교통은 냉방시설이 잘 갖추어져 있지 않았다. 지하철은 비교적 괜찮았는데, 문제는 버스였다. 그리스에서 지내면서 나는 치안 문제도 그렇고 거리상 버스 정류장이 더 가까워 버스를 자주 이용했는데, 그리스의 버스는 에어컨이 잘 작동되지 않아 끔찍했다. 차라리 밖에 내려서 걸어가는 것이 훨씬 나을 정도였다. 창문을 열면 더운 바람만 불어온다. 당연하다, 한여름이었으니까. 더위 먹지 않기 위해서 손풍기를 꼭 챙겨 다녔다.

그리스에서는 아무래도 볼 수 없는 물건이다 보니 손풍기만 들었다 하면 이목을 집중시켰다. 주변의 모든 사람이 신기함 반 부러움 반의 눈길로 쳐다보기도 했다. 내게 말까지 걸어서 이게 무엇이냐고 물어본 사람들도 많았다. 버스에서 내 앞자리에 앉은 할아버지도 손풍기를 보고선 굉장히 탐내셨는데, 어디서 구매했냐고 구매처를 물어보기도 했고 한 번 사용해 봐도 되냐며 가져가서 손풍기를 켜 보기도 하셨다. 택시를 탔을 때 택시 기사님도 물어보셨다. 심지어 자기한테 판매할 생각은 없는지 진지하게 물어보기까지 하셨다.

또, 나는 캐리어에 여름옷을 위주로 챙겨갔었는데, 여름옷보다는 간절기 옷을 더 많이 챙겨올 걸 하고 후회했다. 부피 차지를 줄이고 어떻게 해서라도 많은 짐을 챙겨오기 위해 여름옷 외에 다른 옷은 많이 챙겨가지 않았는데 좋지 않은 선택이었다. 여름과 겨울옷을 적절히 섞어서 챙겨오는 것이 나았다. 그리스는 지중해성 기후의 나라답게 방한 의류의 종류가 다양하지 못했다. 그중 가장 당황스러웠던 부분은 이너웨어였다. 히트텍 같은 제품을 판매하는 곳이 거의 없기 때문에 방한 이너웨어들은 꼭 챙겨와야 한다. 우리나라에서 늦가을부터 수도 없이 많이 판매하는 경량 의류 제품들도 찾아볼 수 없다. 가을이 지나고 초겨울이 되면 그리스의 기온도 낮아지기 때문에 이 시기에 경량 패딩 혹은 패딩 조끼 같은 의류가 반드시 필요해진다. 두꺼운 겨울옷을 입기엔 덥고 간절기 옷을 걸치기엔 쌀쌀하다. 가볍게 걸칠 수 있는 경량 패딩이 절실해진다. 코트라의 그리스인 직원분들도 이런 옷이 있었냐며 신기해하셨다. 꼭 챙기는 것을 추천한다.

우리나라에서 구매한 후 그리스에서 착용한 방한 제품

나도 미처 챙기지 못한 옷은 그리스에서 구매해 입었다. 인턴의 월급으로 백화점에서 옷을 구매하는 것은 어려웠고 우리가 가장 만만하게 갈 수 있고 점포도 많은 SPA 브랜드에서 주로 옷을 구매했다. 바로 ZARA(자라)랑 H&M이다. 왠지 모르게 가격도 우리나라보다 저렴한 것 같고 종류도 더 많다고 느껴졌다. 특히 이런 브랜드들은 세일을 자주 했는데 그때를 노려야 한다. 어떤 때에는 40% 가까이 세일을 하기도 했다. 지난주까지 20유로가 넘던 옷이 다음 주에 12유로가 되어 있다. 매장을 자주 들러서 세일 때를 노리는 것이 좋다. 나는 키가 작은 편이라 자라 키즈 코너에서도 옷을 사 입을 수 있었다. 나처럼 키가 작은 편이라면 키즈 코너를 꼭 둘러보는 것을 추천한다. 그때 당시 약 7유로 정도도 안 되는 가격으로 구매한 니트를 지금까지도 잘 입고 있다. 나와 동기는 자라 매장을 참새가 방앗간 드나들 듯 방문했다. 매일매일 새로운 옷들이 조금씩 들어오고 진열되는 옷들도 바뀌기 때문이다. 무엇보다 세일 상품을 구매하려면 우리처럼 부지런해야 한다. 세일 상품 좋아하는 건 세계 공통이다.

신발은 평소 자주 신던 운동화와 집 안에서 신을 슬리퍼 정도만 챙기면 된다. 좌식생활을 하는 아시아 국가들과는 달리 유럽은 집 안에서도 신발을 신어야 하기 때문에 슬리퍼는 필수품이다. 그냥 가볍고 물기가 빠르게 마르는 편한 슬리퍼로 챙겨오면 된다. 이런 슬리퍼가 그리스에 은근히 없다. 또, 이와 다르게 샌들 같은 신발은 절대 새로 구매해 올 필요가 없다. 그리스 길거리에는 가죽 공방 같은 곳이 굉장히 많다. 특히 가죽으로 만든 신발을 판매하는 가게를 정말 많이 볼 수 있는데, 가죽 샌들의 디자인이 무척 예쁘고 정말 부드러워 편하게 신을 수 있을 것이다. 일반 가게에서 샌들을 구매하는 것보다 훨씬 가격도 저렴한데, 가게 주인과 흥정을 잘만 한다면 더욱더 저렴한 가격에 샌들을 구매할 수 있다.

나는 길거리 신발 가게에서 흥정에 성공해 반값의 가격으로 샌들을 구매했었다. 그 샌들로 겨울이 오기 전까지 여름부터 가을 내내 하루도 빠짐없이 잘 신고 다녔다. 또 그리스는 비가 잘 내리지 않는 나라이기에 배수시설이 잘 갖춰져 있지 않다. 비가 조금이라도 내린 날에는 도로에 물이 넘쳐흐르고 온갖 진흙과 쓰레기가 떠밀려 내려온다. 이런 날 운동화를 신고 나가면 대참사다. 궂은 날씨에도 나의 길거리 가죽 샌들은 끄떡없었다. 그리스의 가죽 샌들을 강력 추천한다.

그리스에서 구매했던 가죽 샌들

그리스의 여름은 엄청나게 다양한 매력을 지닌 매력덩어리 그 자체이다. 무엇보다도 태양빛에 반짝거리는 그리스의 바다를 보면 더위 같은 건 싹 날아간다. 잔뜩 파랗고 푸르른 그리스의 풍경은 바라만 보고 있어도 기분이 절로 좋아진다. 특히, 나는 한국으로 돌아온 뒤 그리스의 여름을 가장 그리워했다.

그리스 바다

그리스 바다

|식

출근하는 평일 아침에는 정말 바쁘기 때문에 아침식사는 간단히 해결했다. 실제로 출근하기 전까지는 '반드시 아침을 차려 먹고 든든하게 다녀야지.'라고 결심했었는데, 출근 이틀 만에 현실적으로 정말 어려운 일이라는 것을 깨달았다. 그냥 잠을 더 자고 아침은 사 먹자고 결심했다. 주로 출근길에 보이는 베이커리나 카페에서 빵과 커피를 사서 아침으로 먹었다. 우리나라의 파리바게뜨나 뚜레쥬르처럼 그런 프랜차이즈 같은 베이커리보다 주로 개인 베이커리나 카페에서 골라 사 먹었다. 매일매일 다양한 종류의 빵이 진열됐고 빵의 크기도 굉장히 큰 편인 데다 가격이 저렴해서 좋았다. 일주일 중 5일을 들리곤 하니 자연스럽게 그 가게의 최고 단골손님이 되어 있었다. 당연히 가게 주인분과도 친해졌는데, 최대한 일상생활에서 그리스어를 사용하려고 노력했기 때문에 그리스어를 사용해 대화를 나누었다.

처음 베이커리에 방문했을 때 딱 봐도 먼 나라에서 온 것 같은 사람이 그리스어로 인사하고 주문을 하니 점원은 엄청나게 놀란 표정을 지었다. 그 표정은 아직도 잊지 못하는데, 점원은 나에게 이것저것 질문을 하기도 했었다. 그리스어를 어떻게 할 줄 아는 것인지, 그리스어를 어디서 배운 것인지,

더 아는 단어들이 있는지 등 많은 것들을 궁금해했다. 자신들의 나라에서 자신들의 언어로 대화하려고 노력하는 내 모습을 정말 좋아해 주고 진심으로 감동받아 했었다. 비록 많이 느리고 부족함이 많은 그리스어 실력이었지만, 점원께서는 나의 그리스어를 항상 귀 기울여 들어주시고 나를 배려해 천천히 대답해 주셨다. 나는 이때 그리스어에 대한 자신감이 많이 생겼다. 그리스어 특성상 문법도 어렵고 시제 맞추는 것도 굉장히 헷갈리는 언어인데, 내가 먹을 음식을 주문해야 해서 계속 그리스어로 대화하다 보니 자연스럽게 습득하게 되는 단어도 많아지고 점점 다양한 문장을 구사할 수 있게 되었다.

지속적으로 대화를 나누고 안부 인사를 주고받다 보니 점원과 나는 빠른 속도로 가까워질 수 있었고 친분을 쌓을 수 있었다. 나는 이왕 먹는 음식 맛있는 것으로 골라 먹고 말겠다는 혼자만의 다짐 같은 것을 항상 하는데, 매번 여기서 어떤 빵이 제일 인기가 많고 맛있냐고 질문해 골라 먹었다. 또 새로 출시된 음식이나 메뉴 같은 것들을 시도하는 것을 좋아하는 나는 매일 다른 종류의 빵으로만 골라서 먹어본 적도 있었다. 이렇게 자신의 빵을 열심히 골라가며 맛보는 손님을 싫어하는 점원은 없을 것이다. 나중에는 큰 단위의 지폐만

갖고 왔을 때 외상으로 쳐주기도 하며 나에 대한 엄청난 신뢰감을 보여주기도 하셨다. 가끔은 서비스라고 하시며 작은 디저트들을 더 챙겨주시기도 하였다. 가게에 들어서기만 해도 내가 주문할 커피가 무엇인지 다 알고 있기에 알아서 커피를 내려주시기도 했다. 출근길에 잠시 들린 베이커리에서 보내는 이 시간은 나만의 소확행이었다. 이 점원과는 그리스에서 마지막 출근을 할 때까지 보았고, 떠나기 전 마지막 인사를 나눌 때는 헤어짐이 너무나 아쉬웠다.

나는 이렇게 그리스에서 인턴 생활을 하며 매일 아침 커피를 챙겨 마시게 되면서 자연스럽게 커피의 매력에 빠지게 되었고, 더욱 다양한 커피를 맛보고 싶어졌었다. 쓴 커피를 돈 주고 뭐하러 사 마시냐며 얼죽아를 절대 이해 못 하던 내가 커피를 좋아하게 된 것이다. 타국에서 나에게 새로운 취미가 생긴 것이다. 아무것도 모르는 채로 그리스에 오자마자 제일 처음으로 맛보았던 커피는 'Mikel Coffee'에서 판매하는 미켈로치노(Mikeloccino)였다. 'Mikel Coffee'는 그리스의 프랜차이즈 카페이다. 아직 커피를 좋아하게 되기 전인 커피에 대해 잘 모르던 시절이었는데, 동기가 우리나라의 아이스크림 '더위 사냥'과 비슷한 맛이라고 알려줘서 시도했던 커피였다. 실제로 더위 사냥이랑 비슷했고 정말 정말 맛있었다. 아직 커피 입문자라 쓴 커피는 싫지만, 카페인이 필요하고 그리스의 커피를 맛보고 싶다면 미켈로치노를 시도해 보는 것도 좋을 것 같다. 나는 스타벅스나 KFC처럼 나에게 익숙한 프랜차이즈보다는 이왕 그리스에 온 거 최대한 그리스 현지 음식이나 현지인들이 자주 가는 가게에 가보고 싶었다.

그리스 미켈 커피(Mikel Coffee)

점심은 주로 회사 직원분들과 함께 먹었다. 근처 가게에서 샐러드를 사 먹거나, 배달 음식을 시켜 먹거나, 근처 햄버거 가게(GOODYS)에서 사오거나 했고 대부분의 경우 가정식을 배달시켜 먹었다. 정말 유명한 곳이었는데, 매일매일 다른 메뉴의 그리스 음식 사진이 페이스북 해당 페이지에 업로드된다. 업로드된 메뉴 중에서 고르면 되었고 가격대는 대부분 5유로였다. 조금 더 퀄리티 있는 메뉴를 주문할 경우에도 6, 7유로 정도에 구매가 가능했다. 정말 싸고 양이 엄청나게 많아서 배부르게 한 끼를 해결할 수 있었다. 무엇보다 내 입맛에 정말 잘 맞았고 그리스식 음식들을 다양하게 접해보고 싶었는데, 이러한 방식으로 맛볼 수 있어서 너무너무 좋았다. 메뉴의 기본 구성은 매일 조금씩 달랐지만 기본적으로 샐러드 한 개, 빵 한 개, 메인 메뉴 한 가지 이렇게 담겨 있었다. 이곳의 양은 정말 어마 무시할 정도로 많았기 때문에 회사 분들과 나눠서 먹기에 정말 좋았다. 특히 내가 좋아했던 메뉴는 양배추 보쌈 밥이었다. 파스타는 양이 정말 많아서 반드시 2인 이상 나눠 먹어야 했다. 또 가장 중요한 것, 배달비가 필요하지 않았다.

또한 '점심으로 샐러드를? 배가 찰까?'라고 생각할 수 있겠지만, 그리스 샐러드는 양이 정말 많다. 회사 근처에 있는 가게는 일리 카페였는데, 대부분의 샐러드 팩이 5, 6유로였고, 종류도 다양했다. 연어 샐러드, 치킨 샐러드가 인기가 가장 많은 메뉴였고 나는 연어 샐러드를 정말 정말 좋아해서 여름에 자주 사 먹곤 했다.

아무리 아껴 써도 인턴의 월급은 턱없이 부족하게 느껴진다. 생활비를 아껴야 될 시기가 오면 나는 무조건 1순위로 아침을 간소화시켰다. 평일에 출퇴근만 반복하는 인턴에게는 식비가 가장 많은 부분을 차지하고 있었기 때문에 식비에서 지출을 줄이자고 결심했다. 매일 들리던 베이커리를 잠시 발을 끊고 근처 간이 슈퍼로 간다. 그리스는 우리나라처럼 24시 편의점이라는 것이 존재하지 않는다. 대신 길거리에 간이 슈퍼 같은 곳을 볼 수 있는데, 우리나라의 슈퍼나 편의점 역할을 하는 곳이고 간단하게 과자류나 음료를 구매할 수 있는 곳이다.

생활비가 바닥났을 땐 점심 도시락을 직접 만들어 다니기도 했다. 나는 그리스에 오기 전까지 요리를 단 한 번도 해본 적이 없었다. 그리스는 야채, 과일, 육류 등 식료품이 정말 저렴하기 때문에 한 번 장을 봐서 오면 점심 도시락은 물론 저녁까지 해결이 가능했다. 나는 소시지와 계란 볶음밥을 만들어서 도시락으로 챙겨갔다. 나는 라면 물도 잘 못 맞춰서라면조차 맛없게 만들어 내는 엄청난 똥 손이었다. 매일매일 배달 음식을 먹는 것도 한계가 있고, 외식을 하는 것도 어려웠다. 작고 소중한 월급에 타격이 크기 때문이다. 한국인은 밥심으로 살아가기 때문에 그리스에서 동기와 살아남으려면 어쩔 수 없이라도 밥을 해 먹어야 했다. 다행히 학과 선배가 필요 없게 되었다며 자그마한 2인용 밥솥을 우리에게 주셨다. 이 밥솥을 우연히 받게 된 것은 정말 신의 한 수였다. 우리 집에서 가장 중요한 물건 1순위였다. 며칠 밥을 하다 보니 밥솥의 크기가 정말 중요하다는 걸 알게 되었는데 크기가 너무 크면 밥을 짓는데 시간이 오래 걸리고 쌀도 많이 사용하게 된다. 무엇보다 퇴근하고 집에 돌아오느라 이미 지쳐 있는 데다 엄청나게 배가 고픈데 거기에 밥 짓는 시간이 오래 걸린다면 정말 너무나 불행할 것이다. 밥 짓는 시간을 단축시키는 건 정말 정말 중요한 부분이기 때문에 나는 무조건 작은 크기의 밥솥을 구비하는 것을 추천한다. 쌀을 잘 고르는 것도 중요했다. 유럽은 우리나라처럼 쌀이 주식이 아니기 때문에 우리나라에서 먹는 쌀과 가장 비슷한 쌀을 찾는 게 어려웠다.

생존 같은 생활을 하다 보니 자연스럽게 요리를 시작하게 되었다. 당연히 처음부터 잘한 것은 아니었다. 유튜브로 밥

짓는 법부터 찾아보며 차근차근 시작했다. 매일 밥해 먹고 살다 보니 밥솥 물 맞추기에 달인이 되었고 나중에는 계란 프라이 모양까지 완벽한 동그라미로 만들어는 계란 프라이 장인이 되어 있었다. 그리스에서 나에게 프라이팬과 올리브유만 있다면 저녁식사 한 끼는 뚝딱 해결 가능이었다.

그리스에 도착하자마자 내가 가장 먼저 먹었던 음식은 기로스(Gyros, γύρος)였다. 그리스식 토르티야라고 생각하면 상상하기 쉬울 것이다. 한국에 있을 때부터 기로스에 대해 하도 많이 들어서 너무나 궁금했던 음식이었다. 고기의 종류를 선택할 수 있고 야채 토핑도 선택할 수 있다. 그리스식 토르티야를 우리나라의 샌드위치 가게 '서브웨이'에서 주문하듯이 고르면 된다. 거기에 더불어 수블라키(Souvlaki, σουβλάκι)를 함께 곁들여 먹었다. 수블라키는 길거리나 음식점에서 먹을 수 있는 꼬치이다. 기로스와 마찬가지로 고기를 선택할 수 있고 야채와 고기가 번갈아 꽂혀 있다. 꼬치만 주는 것이 아니라 함께 먹는 샐러드도 제공된다. 가게에 따라 샐러드의 내용물은 조금씩 달랐다. 내가 그리스에서 생활하면서 가장 많이 먹은 음식은 단연 기로스와 수블라키였다. 가격이 매우 저렴하고 양도 많고 게다가 맛이 있기까지 한 음식이었다. 사 먹지 않을 이유가 전혀 없었다. 물론 이것보다 더 맛있는 음식도 먹어보고 유명한 맛집에도 가보았지만 한국에 돌아와서도 가장 기억에 남는 음식은 평소에 즐겨 먹던 기로스와 수블라키이다. 굳이 맛집을 찾아가지 않고 아무 가게나 들어가서 주문해도 항상 평타 이상이었다. 다만 주의할 점은 음식 알레르기가 있는 사람이라면 재료를 잘 살펴보는 것이 좋을 것 같다. 나는 특정 가게의 기로스를 먹었을 때 온몸에 두드러기가 올라와서 그 뒤로 그 가게만은 피했다. 나머지 가게에서는 괜찮았다.

기로스와 수블라키(Gyros, γύρος / Souvlaki, σουβλάκι)

해산물을 이용한 요리

꿀팁 2:
인간관계

+

|직장 동료

그리스는 우리나라와 마찬가지로 가족 중심 문화, 인간적 유대, 손님 대접 등을 중시하는 전통을 가지고 있다. 그래서인지 그리스에서 생활하면서 느낀 그리스인들은 정이 참 많은 사람이라는 것이었다. 또한, 그리스인들은 여유로움으로 둘러싸여 있다 해도 과언이 아닐 정도이다. 심지어 이곳은 '시에스타(siesta)'라는 낮잠 문화도 존재한다. 그리스인들은 따듯한 날씨 속에서 언제나 느긋하고 조급해하지 않는다.

이러한 모습은 업무를 할 때도 느껴졌다. 나는 성격이 무지하게 급하고 참을성이 부족한 편이라 이러한 여유가 특히 나 낯설게 느껴졌다. 초반에는 적응하기 어려웠지만 함께 업무를 하면서 점차 적응해 나갈 수 있었고 그 과정에서 나의 안 좋은 습관과 행동들을 고쳐나갈 수 있게 되었다. 나는 성격이 급하다 보니 매사에 신중하기보단 조급하게 일을 처리하곤 했는데, 이런 좋지 않은 습관을 인턴 생활을 하며 제대로 고치게 되었다. 처음에는 사소한 실수들을 자주 하곤 했는데, 함께 일하는 사람들과 지내다 보니 자연스럽게 그들의 속도에 맞춰지게 되었다.

보고서 작성을 할 때도 급하게 작성하느라 발생했던 실수들을 줄여나가게 되었고, 정해진 시간 내에 많은 양을 처리하기보다는 그 시간에 여러 번 더 들여다보며 실수한 부분은 없는지 체크를 하게 되었다. 당연히 잔 실수는 줄어들었고 업무의 정확도가 올라갈 수 있었다. 무엇보다 빠른 속도로 일을 마무리해야 한다는 압박감이 없었다. 그렇다 보니 업무 스트레스가 확연하게 줄었고 내가 맡고 있는 업무에 더욱 집중해 진지한 태도로 임할 수 있었고 고민하고 생각할 수 있는 시간을 가질 수도 있었다. 그러다 보니 내가 맡은 업무 하나하나 정성을 들이게 되었고 내가 맡은 일에 대한 애착과 책임감이 생겨났다. 촘촘한 시간을 투자해 완성시켜 나간 나의 업무 하나하나가 너무나 소중했다.

두 번째로 놀라웠던 점은, 항상 응원과 격려의 말을 해준다는 것이었다. 서로를 하나의 인격체로 존중해 주며 팀원들 서로가 응원의 말로써 힘을 보태어 준다. 덕분에 업무를 해 나가는데 자신감이 생겼고 나 스스로에게 용기를 불어넣어 줄 수도 있었다. 이러한 태도들은 자연스럽게 팀원 간 소통을 활발하게 해주고 서로의 의견을 자유로이 주고받게 만들어 준다. 너무 부담을 갖지 않되 책임감 있게 대하면 된다고 했다. 그 말이 나는 너무 위로가 되었다. 또 마음이 편하다 보니 여유도 자연스레 생겼고 주변을 더 많이 살피고 자주 들여다보게 되었다. 또한, 고민하고 생각할 시간이 많아지다 보니 자연스레 다른 팀원들과 대화를 나눌 시간도 늘어났다. 서로의 의견을 공유하며 피드백을 주고받을 수 있는 시간이 많아지고 더욱 세심하게 조언을 들을 수 있었다.

나는 항상 여유로움과 부지런함 이 두 가지를 모두 챙길 수 있도록 노력했다. 너무 여유를 부린 나머지 업무처리 속도가 느려져 업무에 지장을 주면 안 되기 때문이었다. 특히나 큰 행사를 앞두고 있을 때도 여유를 찾는다면 난감한 상황이 생길 수 있었다. 나는 이러한 경계선을 잘 지키려 노력했다.

|룸메이트

우리는 프랑스인 룸메이트와 함께 지냈다. 룸메이트는 심지어 나와 동갑이었다. 건축학 전공이라 그리스 신전 건물 등에 관심이 생겨 교환학생을 오게 되었다고 했다. 아무래도 우리는 한국에서 택배로 받은 각종 즉석식품과 현지 한인 마트에서 배송시킨 김치가 있었기에 음식 냄새가 걱정이었다. 그래서 각자 짐을 풀고 가장 먼저 냉장고 사용에 대해 얘기를 나눴는데, 우리의 룸메이트는 정말 시원시원하고 오픈 마인드의 자유로운 영혼을 가진 친구였기에 말을 꺼내자마자 아주 호탕한 목소리로 그런 부분은 전혀 상관없다고 얘기했다. 우리는 그래도 혹시 모를 냄새에 대비하기 위해 김치를 항상 밀봉시켜서 냉동실에 보관했고 요리에 사용할 때도 재빨리 꺼내서 사용하고 다시 얼려두었다. 모두 처음 온 나라에서 처음 만난 사람들이었기에 함께 생활하기 위해 소통하고 서로를 배려했다. 다른 문화에서 평생을 살아온 사람들이 서로에게 맞춰나가고 문화를 공유할 수 있었다. 그리스에 오지 않았다면 이런 경험은 생각지도 못했을 것이다.

룸메이트가 선물해 준 초콜릿

꿀팁 3: 생활

✦

의료

그리스에서는 우리나라의 동네 병원과 비슷한 의료 기관을 상상해선 안 된다. 감기로 병원에 가면 따듯한 캐모마일 차를 마시면서 한숨 푹 자고 일어나면 나을 거라고 얘기해 준다고 들었다. 우리나라처럼 처방받은 약 몇 알 털어먹고 금세 나아야 하는데, 그런 약을 처방받기는 쉽지 않다고 했다. 또 우리나라와 사용하는 약의 종류가 다를 수 있기 때문에 평소 자기가 한국에서 먹던 약을 챙겨가는 게 좋다. 무엇보다도 타지에 나가서 아프지 않고 건강하게 지내는 게 가장 중요하다. 나는 실제로 그리스에 도착한 지 사흘 만에 몸살감기에 걸렸었다. 장기간 비행한 후 쉬지 않고 여기저기 구경하고 여행을 다닌 탓이었다. 또 알레르기성 비염이 심한 편이기에 그리스는 미세먼지도 없고 괜찮을 것이라 단순하게 생각한 것을 굉장히 후회했다. 아무래도 집에서 내가 청소를 열심히 하고 가지고 있는 짐이 적다 해도 먼지와 머리카락은 계속 나오기 마련이었다. 그리고 매일 출퇴근을 반복하고 거리를 거닐고 대중교통을 이용하다 보니 면역력이 약해져 있었다. 내가 그리스에 또다시 가게 된다면 비타민과 알레르기약을 1순위로 챙길 것이다.

또 언제 한 번은 헤어용품에 데었다가 이마에 상처가 난 적도 있었다. 약국의 약사가 이 정도 상처 가지고 유난이라는 표정으로 쳐다봤는데, 나는 흉터가 생기는 것이 싫었기 때문에 아무 연고라도 처방해 달라고 얘기했었다. 일반 화상 연고나 메디폼과 같은 상처 보호 제품을 구매하기를 원했는데, 그러한 제품은 없었고 보습제를 받았던 경험이 있다.

무엇보다 직장인은 병원에 갈 시간이 없다. 평일엔 근무하느라 가기가 어렵고 주말만 가능한데, 주말에 동네 병원을 운영하는 모습을 난 그리스에서 본 기억이 없다. 아프지 않고 건강한 게 최고라고 생각한다.

|생활용품

평소 자신이 쓰던 생필품들을 챙겨가는 것이 좋은 것 같다. 한국에서 내가 쓰던 물건들을 그리스에 가져가 그대로 사용하는 것이 가장 편하고 무엇보다도 돈을 아낄 수 있는 방법이다. 그리스 마트에서도 생필품들을 구매할 수 있지만 어딘가 모르게 2% 부족한 느낌이다. 한국에서 사용하던 제품의 사용감을 완벽하게 충족시켜 주지 못하는 느낌이 들었었다.

올리브영만 가도 흔하게 널려 있는 쿠션 퍼프 이런 소모품들도 은근히 구하기 어려웠다. 손톱깎이 같은 이런 물건도 엄청 사소하지만 우리 삶에 있어 반드시 필요한 물건인데, 나는 그리스에서 오히려 이렇게 사소한 생필품들을 찾는 게 굉장히 어려웠다. 또 이런 자잘한 물건들을 한두 개씩 사다 보면 돈도 많이 들 것이다. 나는 그리스에 도착한 지 이틀 만에 생필품으로만 10만 원 가까이 지출했었다. 수화물 규정을 초과하지 않기 위해 캐리어 속 짐을 줄이는 것도 중요하지만 생활하는 데 반드시 필요한 물건들은 빠트리지 않고 챙겨오는 것이 좋을 것 같다. 사소한 물건들도 잊지 말고 잘 챙겨오는 것을 추천한다.

스킨케어 제품들도 중요하다. 이것 역시 마찬가지로 내가 쓰던 것을 챙겨오는 것이 가장 좋을 것이라고 생각한다. 그리스에도 세포라(Sephora)라는 드러그 스토어가 있는데, 우리나라의 올리브영과 비슷하다고 생각하면 된다. 나는 세포라에서 이것저것 쇼핑해 보고 싶기도 했고 우리나라에서 판매하지 않는 제품들을 사용해 볼 수 있을 것이란 기대에 부풀어 있었다. 세포라에 방문하는 것을 굉장히 기대했기 때문에 정말 최소한의 화장품만 챙겨갔었는데, 정말 후회했다. 마음 놓고 팍팍 쓸 수 있는 토너 같은 것을 구매하고 싶었는데, 마음에 쏙 드는 것을 한국으로 돌아오기 전까지 찾지 못했었다. 대신 색조 화장품들만큼은 최고였다. 우리나라에서 구하기 어려운 브랜드들도 입점 되어 있었고, 파운데이션의 호수도 다양했고 섀도우나 하이라이터의 라인업들이 우리나라와 정말 달랐다. 더욱 다양한 제품들이 구비되어 있었다. 이런 점들을 잘 확인하고 화장품도 전략적으로 제품들을 골라 챙겨오는 것이 좋을 것 같다.

또 유럽의 물 상당수가 석회수이다. 피부가 예민한 편이라면 유럽의 석회수는 정말 치명적일 수 있다고 생각한다. 나 또한 초반에 피부가 완전히 난리가 났었다. 이럴 경우를 대비해 한국에서 진정 관련 마스크팩을 챙겨갔었는데, 이건 정말 잘한 선택이었다. 여유가 된다면 진정을 위한 알로에 제품을 챙겨오는 것도 좋을 것 같다. 얼굴 피부는 꽤 금방 가라

았고 괜찮아졌는데, 문제는 두피였다. 한국에 돌아와 몇 년 간 나의 머리를 담당해 주시던 미용사동기께서 내 두피를 확인해 보고 엄청 놀랬었다. 대부분 유럽여행을 갔다 오면 두피가 상한다고 하기는 하는데, 나 또한 두피가 많이 상하고 예민해졌다. 이 두피와 머릿결을 원상 복귀하느라 정말 힘들었던 기억이 있다.

이를 조금이라도 방지하고 싶다면 헤어 제품에도 신경을 써주는 것이 좋을 것이다. 그리스에도 다양한 헤어 제품이 판매되고 있는데, 나는 실패 없이 무난하게 사용하고 싶어서 '로레알' 제품을 구매했었다. 그리고 또 머리 길이가 긴 사람이라면 트리트먼트 제품에 돈을 투자할 것을 추천한다. 이런 것들이 감당되지 않는다면, 아예 해외 나가 있는 동안 단발머리 스타일로 가는 것도 나쁘지 않다고 생각한다. 그리고 머리카락도 왠지 한국에서보다 괜히 더 많이 빠지는 느낌이 들었었다. 함께 지냈던 동기랑 나는 매번 우리 이러다 탈모 되는 것 아니냐며 농담을 주고받기도 했다. 그리스에 와서는 보습 제품도 나는 무조건 이전보다 훨씬 더 촉촉한 것으로 전부 교체했다. 나 같은 경우는 그리스에서 생활하면서 악 건성이 되었다. 너무 건조하다 싶으면 오일 제품을 구매해 섞어서 바르는 것도 하나의 방법이 될 수 있을 것이다.

|이사

보통 거주할 수 있는 공간을 '플랫'이라고 지칭한다. 일반 가정집에서 숙박하는 방법 또는 에어비앤비를 장기간 계약하는 방법 등 그리스에서 집을 구하는 방법은 여러 가지가 있다. 그중 가장 편한 방법은 먼저 그리스에서 생활하고 있는 사람들의 집을 그대로 이어받아 계약하는 방법이다. 나 또한 이 방법을 선택했다.

나는 코트라 인턴 최종 발표가 나기까지 시간이 꽤 걸린 편이었기 때문에 섣불리 집을 구할 수 없었다. 그렇다 보니 일반 가정집이나 에어비앤비 등의 집을 계약하기엔 무리가 있었고 내가 머무르려 했던 집들은 이미 다른 교환학생이 계약을 완료한 상태였다. 그렇기 때문에 학과 사람들이 거주했던 집을 이어서 계약하는 방법을 선택했는데, 이것마저도 다른 학생이 하반기부터 계약을 해둔 상태라 나는 한 달만 계약할 수 있었다. 집을 여러 번 옮길 수밖에 없는 상황이었다. 그래서 나는 그리스에서 지내는 5개월 동안 총 세 종류의 집에서 지내게 되었다. 첫 번째 집과 두 번째 집에서 각각 한 달씩 만 머무를 수 있었고 마지막 집에서 귀국하기 전까지 생활할 수 있었다. 이 모든 것은 중개인 직원을 통해서 이루어졌는데, 집을 제공하는 회사와 나 사이에서 업무를 봐주는 직원으로 대부분의 일 처리는 이 중개인을 통해서 이루어졌다. 나는 한국에 있을 때 페이스북 메시지를 통해 집의 사진과 정보를 주고받았고 전자 서류를 제공받았다. 이사를 할 때도 마찬가지로 이 중개인을 통해 이루어졌다.

첫 번째 집은 조그라푸(Zografou, Ζωγράφου)에 위치한 집으로 과 선배와 동기 셋이서 함께 지낸 집이었다. 햇빛이 강렬한 8월 한 달간 그 집에서 살았는데, 나는 아직도 그리스 하면 기억나는 장면의 대부분은 그 집이다. 처음 그리스에 도착해서 살게 된 나의 방, 첫 출근하던 날, 첫 자취 생활, 그리스에서 처음 마주한 모든 풍경은 그곳에서 시작되었다. 나의 방이 가장 큰 방이었고 창이 아주 길고 크게 나 있었기에 일조량도 굉장히 좋았다. 조그라푸는 대학생들과 가족 단위의 사람들이 많이 거주하고 있는 지역이기 때문에 치안이 좋은 편이었고 주변에 식당과 가게들이 많았다. 근처엔 크고 작은 규모의 공원도 있었다. 그리스 아테네 부근에서 머물러야 한다면 나는 조그라푸 지역을 제일 먼저 추천해 주고 싶다. 무엇보다도 사람들로 복작복작거리는 길거리의 모습과 분위기가 너무나 좋았다. 내가 상상했던 여유롭고 평화로운 유럽 지역의 동네 모습을 그대로 옮겨놓은 듯한 모습이었다. 아직도 그 거리는 생생하게 기억이 난다. 유럽에서 처음 자취하게 됐다는 묘한 설렘과 한편으로는 낯선 사람들 틈 사이에 껴 있어 긴장으로 가득 차 뻣뻣하게 걸어 다녔던 거리를 잊을 수 없다. 아쉽게도 9월 이후로는 다른 집에서 생활해야 했지만 많은 추억이 담겨 있는 동네로 지금까지 기억에 남는다.

두 번째 집으로 이사할 때는 집을 구할 때와 마찬가지로 중개인 직원을 통해서 이루어졌다. 우리는 사전에 이사할 날짜를 전달했고 짐도 미리 전부 챙겨두었지만 직원은 약속 시간보다 훨씬 늦게 우리 집에 도착했었다. 그리스에서는 이런 일이 비일비재하니 최대한 여유를 갖고 기다려야 한다는 것을 이때 실감했다. 온갖 장바구니와 박스에 짐을 바리바리 챙겨두었던 우리는 직원이 부른 택시를 타고 두 번째 집으로 이동했다. 실제로 도착해서 본 두 번째 집은 사진과 너무나 달랐다. 원룸이라는 것은 알고 있었지만 사진상으로 봤던 모습보다 훨씬 열악한 공간이었다. 또 우리에게 1층이라고 안내했었는데 유럽에서 1층은 곧 우리나라의 2층이라고 보면 되는데 로비 층에 위치한 집이었다. 환기를 위해 창문을 열면 도로에 지나다니는 사람과 눈이 마주칠 수 있을 정도의 높이와 거리였다. 또 세탁기가 없어서 우리는 빨래방을 이용해야 했다. 여러모로 최악의 집이었다. 대신 두 번째 집은 코트라와 걸어서 15분 정도 거리에 위치해 있었기 때문에 출퇴근하기에는 무척이나 편했다. 또 신타그마 광장과 거리도 가까운 편이었기에 배달 음식을 시켜 먹기에도 편리했다. 하지만 두 번 다시는 살고 싶지 않을 집이다. 집을 구할 때 가격이 아무리 저렴하더라도 로비 층은 되도록 피하는 것이 좋고 적어도 우리나라 기준 2층에 위치한 집으로 계약하는 것을 강력하게 추천한다.

세 번째 집으로 이사할 때도 중개인을 통해 이루어졌고 택시를 타고 짐을 옮겼다. 그곳도 역시 첫 번째 집과 마찬가지로 세 명이 함께 생활할 수 있는 형태였다. 프랑스인 룸메이트와 함께 살게 되었었는데, 나와 동갑이었고 건축학을 공부하고 있는 친구였다. 그리스의 신전과 유적지가 아름다워 교환학생을 오게 되었다고 말했다. 우리는 정말 단 한 번의 트러블 없이 3개월 동안 평화롭게 지냈다. 룸메이트는 정말 쿨하고 무던한 성격이었다. 또 항상 서로를 배려하기 위해 노력하며 지냈다. 우리는 한식 재료와 김치를 냉장고에 보관해야 했었는데, 룸메이트의 입장에서 불편할 수 있을 것이라 생각이 들어 의견을 물어본 적이 있었다. 룸메이트가 불편해한다면 다른 지인의 집에 음식을 보관할 계획이었다. 하지만, 룸메이트는 전혀 개의치 않았고, 오히려 한식에 대해 호기심을 가지며 이것저것 물어보기도 했었다. 인턴 근무를 하는 우리와 생활 패턴이 맞지 않아 마주칠 일이 적었지만 여행을 다녀오면 꼭 기념품을 주고받기도 하며 오순도순 잘 지냈다.

마지막 집은 모든 것이 다 무난했지만 치명적인 단점이 있었다. 중앙난방 시스템이라 겨울에 굉장히 춥다는 것과 위험 지역인 오모니아(Omonoia, Ομονοίας) 근처 지역에 위치한 집이었다는 것이다. 중앙난방은 보통 낮 시간 동안에 잠깐 작동이 되고 저녁이 되면 꺼지는 시스템이었다. 나는 반대가 되어야 하는 것이 아닌가 항상 의문스러웠다. 너무 추워서 잠이 들 수 없을 정도였고 나는 두꺼운 기모 후드티셔츠와 패딩까지 껴입으면서 잠자리에 들었었다. 진작에 중앙난방 시스템이었다는 것을 알았다면 근처 마트에서 전기장판을 구매했을 것이다. 비록 우리나라의 제품보다 성능은 조금 떨어지지만 저렴한 가격에 무난한 전기장판을 진작 구매해 따듯하게 생활했어야 했는데, 시기가 너무 애매했고 그런 제품을 판매하고 있다는 것을 당시에는 미처 몰랐었다. 겨울에 그리스에서 지내게 된다면 전기장판을 구매하는 것을 고려해 보는 것도 나쁘지 않을 것이다.

한국에서는 기숙사 짐만 정리하고 옮겨보았지, 이렇게 본격적으로 혼자서 이사를 한 것은 인생에 있어서 처음이었다. 지금 와서 다시 생각해 보면 어떻게 퇴근하고 그 많은 짐을 옮기고 또 정리하고 다음 날 출근을 할 수 있었는지 미스터리이다. 꼼꼼히 확인했지만 그럼에도 불구하고 집 내부의 문제도 많았고 내 뜻대로 되지 않았던 날들도 많았다. 냉방 문제부터 난방 문제까지, 화장실이 막혀 집이 물난리가 난 적도 있었고, 현관문의 문고리가 부서진 적도 있었다. 그럴 때마다 기가 막히면서도 도와줄 사람이 없으니 나 혼자 스스로 해결해야 한다는 사실이 너무 힘들기도 하고 이런 상황들이 어이가 없기도 했다. 하지만, 그런 상황을 스스로 하나하나 해결해 나가면서 분명히 성장하기도 했다는 것을 지금 와서야 느낄 수 있다. 나는 이제 어떤 당혹스러운 일들이 일어나도 차분하게 상황 판단을 하고 가장 효율적으로 해결해 나갈 수 있을지 고민할 수 있게 되었다. 시간이 꽤 흐른 지금 와서 돌이켜 보면 기억들이 미화되어서 그런지 몰라도 어이없고 황당했던 일들 모두가 다 추억이 됐다고 말할 수 있어졌다.

이사하던 날

|보증금

앞서 설명했듯이 두 번째로 거주했던 집은 방문해서 눈으로 직접 확인해 보니 충격 그 자체였다. 계약이 만료되고 한국으로 돌아갈 시점이 되면 슬슬 보증금을 돌려받아야 하는데, 이때 중개인이 보증금을 가지고 뭐라 뭐라 핑계를 대면서 돈을 제대로 돌려주지 않으려 할 수 있다. 무조건 딱 잘라서 말해야 한다. 정확히 며칠까지 이 집에 머무를 거고 특정 날짜 이후로 그리스에 없으니 그전까지 보증금을 주라고 말이다. 보증금을 받을 날짜를 콕 집어서 통보를 해주는 것이 가장 좋다. 또 집을 떠나기 바로 직전에 날짜를 잡으면 자칫 중개인이 일이 생겼다는 핑계를 대며 돌려주지 않으려 할 수 있기 때문에 출국 날짜 전에 여유를 두고 미리 받는 것이 좋다. 첫날 받았던 계약서를 잘 챙겨야 하고 항상 금액이 정확하게 맞는지 본인이 챙겨야 한다. 타지에서 내 몫은 내가 챙겨야 한다. 내 일에 대한 모든 책임은 내가 져야 하기 때문에 억울한 일을 당하지 않으려면 내 것은 내가 스스로 꼼꼼하게 잘 챙겨야 한다. 세상이 호락호락하지 않다. 금전적인 부분에 있어서는 확실하게 언급하고 확실하게 짚고 넘어가야 한다.

|거주 공간 내부 시설

세 번째로 살게 된 집도 마찬가지로 이전에 설명했듯이 총 3명이 함께 생활할 수 있는 플랫이었다. 나는 동기와 함께 이사했기 때문에 함께 살게 될 다른 룸메이트가 굉장히 기대가 됐다. 사실 그때 당시를 다시 생각해 보면 처음 본 사람과 함께 잘 지낼 수 있을지 기대보다는 걱정스러운 마음이 조금 더 컸던 것 같다. 두근두근한 마음으로 기다리고 있었는데, 우리와 약 3개월간 함께 지내게 될 룸메이트가 도착했다. 나와 동갑인 프랑스인이었다.

우리는 이것저것 함께 생활하면서 지킬 기본적인 규칙들에 대해서 얘기를 나누었고 어떻게 아테네에 오게 되었는지 이야기를 나누었다. 시원시원한 성격에 굉장히 활발한 친구였다. 어학당에서 공부를 할 예정이었던 룸메이트는 우리보다 기상 시간이 늦었고 다행히 화장실을 사용하는데 문제가 없었다.

하지만 정작 문제는 화장실 그 자체에 있었다. 이사 온 지 한 달이 조금 안 됐을 동안은 무난하게 사용했다. 점점 두 달째가 되어갈 때부터 화장실의 물이 느리게 빠지는듯하다고 느꼈다. 나만 그렇게 생각하는 줄 알았는데, 모두가 그렇게 느끼고 있었다. 우리는 처음에는 그저 화장실을 이용할 때 튀긴 물이 아직 마르지 않은 것이라고 생각했다. 하루 이틀이 지나고도 물기가 마르지를 않았고 점점 물이 느리게 빠진다는 것이 확실하다고 결론 내렸다. 하수구가 단단히 막힌 것이다.

방에 있다가 왠지 모르게 느낌이 이상해 문을 열어 보니 내 방문 코앞까지 물이 넘쳐흐른 것을 보고 진심으로 까무러칠 뻔했다. 내일 출근도 해야 하는데 달밤에 이게 무슨 일인지 충격과 공포 그 자체였다. 아직 잠들지 않았던 룸메이트도 방문을 열어보곤 충격 반 어이없음 반의 표정을 지었다. 우리 둘이 얼굴을 마주쳤을 때 결국 빵 터지고 말았다. 이 상황이 너무 말이 안 되는데 그게 또 우리 집에서 벌어진 일이라는 게 너무 어이없어서 웃겼다. 당장 내일 아침에도 씻고 출근을 해야 했고 룸메이트도 운동을 하고 온 직후라 화장실을 반드시 써야만 했다. 우리는 온 집안을 뒤져 빗자루 없이 쓰레받기만 덩그러니 있는 것을 발견했고 그걸로 미친 듯이 물을 밀어 넣기 시작했다. 화장실 바로 근처에 룸메이트와 내 방이 있었는데 당장에라도 우리 둘의 방으로 물이 들어올 것만 같았다. 쓰레받기로 물을 밀어내 화장실로 꾸역꾸역 집어넣었다. 이게 무슨 상황인지 우리 둘은 10분 내내 대화를 나누며 웃다가 어이없어하다가 물을 집어넣었다가 난리를 피웠다. 룸메이트는 이 집에서 화장실 사용을 안 하고 말겠다며 자기는 그냥 오늘 씻기를 포기하겠다 선언했다. 다른 친구 집에서 양해를 구하고 화장실을 사용하고 말겠다며 웃었다. 우리는 밤새도록 물을 화장실로 집어넣었고 어느 정도 마무리가 되어가는 듯 보이자 내일 눈 뜨면 어떻게든 되어 있겠지 항복을 선언하고 각자 방에 들어가 지쳐 잠에 들었다. 다음 날 눈 떠 보니 확실히 전날 밤보다는 나아져 있었고, 이제는 더 이상 우리끼리 해결할 수 있는 간단한 문제가 아닌 것 같다고 판단했다. 각자 주변 사람에게 조언을 구해보자고 다짐하며 출근했다.

주변인들의 얘기를 들어보니 이런 일이 흔치는 않다고 했다. 마트에 가면 하얀 가루로 된 배수구를 뚫는 약품 같은 것이나 액체 같은 것을 판매하니 조금 규모가 큰 마트에 가서 찾아보라고 조언을 해주셨다. 우리의 집이 아니라 잠시 머물다 가는 집이기에 우선 우리의 이사와 집 관리를 하는 중개인에게 상황을 설명했다. 하지만, 직원은 약품을 사용하는 것을 탐탁지 않아 했고 우리가 지난밤의 상황을 일부러 부풀려서 말한다고 생각하는 듯했다. 우선 집의 상태를 자신이 점검해야 하고 그 후에 생각해 보자고 했기에 우리는 기다릴 수밖에 없었다. 화장실은 여전히 아슬아슬하게 물이 넘쳤고 우리는 매일 등교와 출퇴근을 해야 했기에 화장실 사용에 문제가 생기는 것은 우리 모두에게 아주 치명적이었다. 그저 최대한 빨리 방문해 주기를 요청하며 화장실을 최소한으로만 아슬아슬하게 사용하며 지냈다.

며칠 뒤 직원이 방문했고 우리 화장실의 심각성을 제대로 인지한 다음 어떻게든 해결해 주겠다고 하였다. 하지만 뾰족한 수가 없어 보여서 우리가 직접 약품의 존재에 대해 설명해 주었다. 진작에 약품을 사용했으면 금방 해결될 간단한 문제였다. 다음 날 모두가 집을 비웠을 때 해결해 주겠다고 하였다. 이때 반드시 조심할 것이 방문을 잘 잠그고 개인 소지품에 신경을 평소보다 더 써야 한다는 것이다.

이 화장실 사건은 한국에 돌아와서도 이따금 혼자 떠올리며 웃게 만드는 웃기지만 웃기지 않은 에피소드로 남아 있다. 살다 보니 별일이 다 있다. 한국에서 살 때만 해도 내가 그리스 아테네 한복판에 있는 집 하수구가 막혀 워터파크가 열리게 될 거라고 상상이나 했을까. 너무 웃겨서 그때 당시 촬영한 영상은 아직도 내 휴대폰에 고이 간직돼 있다. 지금도 가끔 생각날 때 그 영상을 보곤 한다. 아직도 그때만 생각하면 너무나도 웃기고 즐겁다.

|치안

코트라 측에서는 인턴의 안전을 최우선으로 생각해 주신다. 코트라뿐만 아니라 진로취업센터, 코트라 본사, 유관 부서 등 여러 사람 모두가 파견 나간 해외 인턴들의 안전을 최우선으로 생각한다. 관련 부서의 많은 사람이 신경을 쓰고 있는 부분이기에 나는 큰 걱정을 하지 않았다. 그렇다 해도 본인의 안전은 본인이 잘 챙겨야 하기 때문에 항상 개인 소지품이나 치안에 신경을 많이 쓰려고 노력했다. 특히, 유럽 지역의 경우 테러 위험도 있고 그리스는 난민 문제 때문에 안전에 신경을 많이 써야 했을 시기였다. 내가 근무한 아테네 무역관이 있는 건물은 여러 나라 대사관이 함께 층을 나눠 쓰고 있었기 때문에 더더욱 보안이 좋은 편이었다. 건물 로비의 리셉션 데스크에도 직원 세 분이 교대로 근무를 하시며 자리를 지켰고, 여름이 지나고 나서는 다른 대사관의 경호 직원도 함께 계셨기에 조금 더 안심이 되었다.

아테네에서도 종종 큰 시위를 하거나 대중교통 노조의 파업이 있기도 했다. 1년에도 여러 번 있는 일인 것 같았다. 그런 날에는 무역관에서는 대중교통을 타고 큰 도로들을 지나쳐 집으로 돌아가야 하는 나를 위해 퇴근 시간을 앞당겨 일찍 귀가할 수 있도록 배려해 주셨다.

평소보다 이른 시간에 퇴근하면 그래도 대중교통을 이용할 수 있었지만, 항상 가능한 것은 아니니 그날의 교통 상황을 항상 잘 살펴보는 것이 좋다. 특히 도로의 상황을 주의 깊게 살펴야 한다. 내가 주로 이용하는 버스는 많은 사람이 이용하는 버스였기에 파업 시기에 운행을 하기도 했지만 그렇지 않은 버스들이 더 많기에 항상 교통 상황을 파악해야 했다.

그리스 버스 정류장

또 그리스의 소식을 접하기 위해 주 그리스 대한민국 대사관(https://overseas.mofa.go.kr/gr-ko/index.do)과 코트라 아테네 무역관(https://www.kotra.or.kr/KBC/athens)의 홈페이지에 자주 접속해 현지 소식을 주기적으로 체크하는 것도 좋은 방법이다. 나는 매일 아침과 저녁 최소 하루에 두 번씩은 위 두 홈페이지에 접속해 그리스의 현지 상황을 체크했다. 나의 안전은 내가 지켜야 한다.

5장

궁금했던 부분

뜨거운 K-POP의 인기

해외에서 한류 열풍이 불며 K-POP과 K-드라마, 예능을 찾는 사람들이 많아졌다고 한다. K-POP을 좋아하고 드라마와 예능을 즐겨보는 나로서는 여러 매체에서 접한 소식들로 덩달아 뿌듯해하곤 했다. 또 우리나라의 각종 커뮤니티에서 확인할 수 있는 텍스트와 수치만으로도 인기가 어마어마하다는 것을 알 수 있는데, 그렇다면 실제로 현지에서는 어느 정도 일지 더더욱 궁금했다. 현지에서 직접 눈과 귀로 보고 듣고 실감해 보고 싶었다.

그리스에 도착한 지 얼마 되지 않아 그 인기를 실감할 수 있었다. 아테네의 번화가 쪽으로 조금만 나가면 많은 가게에서 우리나라 노래를 들을 수 있었다. 내가 출근할 때마다 방문했던 베이커리 중 한 곳에서도 우리나라 아이돌의 노래를 감상할 수 있었다. 베이커리 내부에 비치된 모니터에서 항상 유튜브 영상이 재생되고 있었다. 주로 들을 수 있었던 것은 아이돌 '블랙핑크'의 노래였다. 당시 발매한 지 얼마 되지 않았던 신곡 '뚜두 뚜두'와 그것보다 더 전에 발매되었던 앨범들도 재생되고 있었다.

베이커리 이외에도 옷 가게, 휴대폰 액세서리 가게 등 다양한 곳에서 우리나라 노래는 흘러나왔고 길을 걷다가도 골목골목에서 익숙한 노래들을 들을 수 있었다. 특히 BTS의 인기는 정말 대단했다. 길거리 벽 여기저기에서조차도 BTS 관련 낙서들을 발견할 수 있었다. 처음에 알파벳 세 글자를 보고 '내가 아는 그 BTS?'라고 생각하며 여러 번 들여다보았다. 혼자 괜히 뿌듯해하며 지나갔던 적도 있었다.

또 언젠가 한 번은 그냥 일반 가정집을 지나가는데 우리나라 노래가 들려왔다. 그리스에 오고 지나가다 우리나라 노래만 들린다 하면 나는 발걸음을 멈추고 어디서 나오는 거지하고 두리번거리는 게 습관이었다. 빠른 템포의 곡이었는데, 함께 있던 그리스인 친구에게 물어보니 아마 댄스 연습을 하는 모임 같은 것을 하는 스튜디오일 것이라고 설명해 주었다. 실제로 유튜브에서도 해외 팬들의 댄스나 노래 커버 영상을 종종 많이 찾아볼 수 있는데, 그런 사람들일 것이라고 했다. 내가 상상하던 것보다 더욱 열정적이고 본격적으로 연습을 하고 준비하는 것 같았다.

실제로 가장 놀라웠던 점은 K-POP 관련 행사가 열린다는 것이었다. 우리나라가 아닌, 우리나라 근처도 아닌, 머나먼 나라에서 우리나라 음악 관련 행사가 주최되고 있다니 너무나 놀라웠다. 그리스인들로 구성된 댄스 팀이 우리나라 가수의 무대를 커버하고 함께 즐기는 행사였다.

또한, 나는 개인이 주최하는 K-POP 행사에 초대받아 방문한 적이 있었다. K-POP에 관심이 많은 사람이 함께 펍 같은 장소를 대관해 자유롭게 음악을 즐기고, 서로 한류 문화에 대한 이야기를 나누고 생각을 공유하는 행사였다. 각자 원하는 방식대로 한류 문화를 즐기는 모습이 정말 보기 좋았고 무엇보다도 그런 그들의 모습이 너무나 행복하고 즐거워 보였다.

또 그들의 대부분은 우리나라에서 판매되고 있는 굿즈들을 소지하고 있었다. 어떻게 구매를 했냐고 물어보니 온라인 구매 대행을 통해 구매한 사람도 있었고, 직접 우리나라에 방문해 구매한 사람도 있었다.

나는 해외에 있는 팬들은 주로 어떤 플랫폼을 이용해 음악을 듣는지 굉장히 궁금했다. 우리나라는 대중적으로 멜론, 지니, 벅스 등의 음원 사이트가 있고 이용자들은 해당 사이트의 스마트폰 애플리케이션을 통해 음악 감상을 한다. 해외의 경우 '애플 뮤직'이나 '스포티파이' 등을 주로 사용하는데, 그리스 또한 이러한 플랫폼을 주로 사용할 것이라고 생각했다. 하지만 그리스에서 알게 된 지인들과 이야기를 나누어 보니 유튜브로 음악 감상을 하는 사람들이 대부분이었다. 최근에는 유튜브 프리미엄이라는 기능이 생기면서 유튜브 사용자가 더욱 증가한 것 같았다.

또, 우리나라 드라마와 그리스 드라마는 어느 정도로 유명한지도 궁금했다. 아테네 무역관에서 함께 근무한 그리스인 직원분께 여쭤보았었는데, 그리스 드라마는 다양하지 않고 장르도 한정적이라고 했다. 우리나라 일이 바빠 드라마를 즐겨보지는 않지만 그래도 우리나라의 드라마에 대해 알고 계신 것이 신기하였다. 한국 영화보다는 드라마와 예능을 주로 더 많이 보는 것 같았다.

내가 인턴 생활을 했던 때보다 시간이 조금 더 지난 지금은 BTS가 빌보드 차트도 휩쓸고, 봉준호 감독의 '기생충'이 국내외의 각종 시상식에서 많은 수상을 하고 칸 영화제에서 황금 종려상을, 오스카에서 4관왕을 하며 더욱 유명해졌기 때문에 인기와 관심이 더욱 증가했을 것이라고 생각한다.

우리나라 언어로 된 가사와 자막 잘 이해하고 가수가 하는 말 알아듣기 위해 한국어 공부를 하는 사람들도 증가했다고 했다. 그리스어와 한국어는 문법 체계 자체가 다르고 어순도 다르기 때문에 유럽 국가인 그리스에서 우리나라 말을 배우는 것을 쉽지 않을 텐데 무엇보다 자신이 좋아하는 것을 더욱 잘 이해하기 위해 직접 배우고 이렇게 몸소 실천하는 모습이 너무 보기 좋았다. 그들의 열정이 대단하다는 것을 더 잘 알게 되었고 나도 더더욱 자부심을 가지게 되어 기분이 좋았다. 한류 열풍의 여파로 어학당에 한국어 클래스도 개설되고 한국어를 가르치는 기관도 생겼다고 했다. 실제로 우리 학과 선배께서 그곳에서 학생들을 가르치시기도 했다. 처음엔 단순히 아이돌의 노래와 퍼포먼스가 좋아서 한국어를 공부하고, 또 점점 공부하면서 우리나라 문화를 알아가고 우리나라에 실제로 방문해 보고 싶어 하는 이들도 있다는 것을 알게 되었다. 우리나라와 아주 멀리 떨어진 곳에서 보이는 그들의 열정과 관심이 너무나 고마웠고 타국에서 정말로 반가웠다.

·나의 소감·

나는 그리스에 다녀오기 전과 비교했을 때 정말 많은 부분이 달라졌다. 우선, 인턴으로 선발되고 사무실에서 업무를 직접 맡게 되면서 무엇이든 꼼꼼하게 챙기게 되었다. 인턴 프로그램에 지원하는 것부터 지원 과정, 결과 발표 후 출국하기 전까지의 과정 등 이러한 것들을 하나도 빠짐없이 챙기기 위해서는 나 스스로가 꼼꼼히 챙겨야 했다. 서류 하나라도 빠트려서는 안 되고 이건 다음번에 처리해야지 하고 미루는 것도 불가능하다. 업무에서는 말할 것도 없었다. 설명해 주신 것들, 사소한 것들도 놓치지 않고 까먹지 않기 위해 메모하는 습관이 생겼다. 또 점점 맡은 업무가 많아지게 되면서 마감기한이 제각각인 업무가 쌓여갔고 헷갈리지 않기 위해서라도 해야 할 일들의 우선순위를 정해야 했다. 하루 이틀 이런 방법으로 업무를 하다 보니 점점 습관화되었고 나는 공부든 어떤 일이든 효율적으로 처리해 나갈 수 있게 되었다.

또, 이전에는 어떤 일을 시작하기 전에 주변인들의 반응을 지나치게 신경 쓰는 편이었고 그들의 인정과 조언을 들어야만 안심하는 좋지 않은 습관이 있었다. 하지만 유럽 문화권의 특성상 한국에서보다 비교적 여유로운 시간을 보낼 수 있었고 혼자만의 시간을 온전히 즐기고 보내면서 나 자신에 대해 알아가는 시간을 가질 수 있었다. 내가 정말로 좋아하는 것, 하고 싶은 것에 대해 더 깊이 있게 고민할 수 있었다. 사람들 모두 각자만의 속도가 있고 결국 내가 진정으로 원하는 것을 할 때 행복하다는 것을 깨달았다.

나는 5개월 동안 그리스라는 나라에서 많은 일을 겪으면서 어떤 상황에서도 당황하지 않고 차분하게 대처할 수 있게 되기도 했다. 때로는 운이 좋았고 때로는 황당한 일을 겪기도 했는데, 그렇다 보니 우연히 얻게 되는 행운에 의지하기보다 나의 노력과 마음가짐에서 비롯된 자신감이 결국엔 더 좋은 결과물을 만들어 내고 스스로 더 큰 만족감을 얻게 될 수 있다는 것을 깨달았다. 이 세상에 불가능한 것은 없고 시작도 해보기 전에 그만두는 태도보단 도전하는 것을 두려워하지 않는 사람으로 성장하게 되었다.

나는 인턴 프로그램을 마치고 돌아오면서 1학년 때부터 수

많은 후기를 봐왔지만, 그 어디에도 내가 진짜로 궁금했던 부분에 대한 속 시원한 답변은 나와 있지 않던 것이 떠올랐다. 인터넷 커뮤니티에 업로드된 후기, 지인들에게 들었던 후기 등 다양한 후기들을 읽어보고 들어보아도 어딘가 한구석이 부족한 느낌이 들었다. 영어는 모국어처럼 잘 하지 않아도 된다, 등등 이런 두루뭉술한 답변들만 나열되어 있었다. 나는 두루뭉술한 답변이 아닌 정확하게 영어, 그리스어, 한국어를 각각 사용하는 비중은 어느 정도인지, 업무를 할 때는 어떤 방식으로, 하루 일과는 어떻게 되는지 모든 것을 자세하게 알고 싶었다. 하지만, 이런 것들을 하나하나 자세하게 알 수 있는 방법은 생각보다 많지 않았다

정말 사소해서 질문하기도 민망할 수 있겠지만 알고 보면 정말로 중요한 부분들에 대해 말이다. 나는 그래서 해외 프로그램에 지원하고 타지에서 생활해 보고 싶은데 망설이는 사람, 정보가 부족해 자세하게 알고 싶은 사람들을 위한 방법이 없을까 고민하게 되었다. 귀국 보고회 때 어떻게 하면 더 도움이 될 수 있도록 정보를 전달할 수 있을지 고민하기 시작했고 발표 때 미처 다 하지 못한 이야기들은 글로 풀어내 보자고 생각했다. 자취해 본 경험이 없는데 혼자 사는 것은 안전한지? 회사 인턴인데 정말로 엑셀, 컴퓨터 활용 능력 등

의 자격증은 필요 없는지, 인턴으로 파견 나가게 될 예정인 사람들이 반드시 알아야 할 중요한 부분이지만 또 한편으로는 왠지 모르게 사소해 보여 질문하기 어려웠던 부분들을 모아서 아예 알려주는 코너들도 구상했다. 실제로 귀국 보고회 때 나는 내가 그리스에 나가게 되기 전 궁금했던 부분들과 해외 인턴뿐만 아니라 각종 해외 프로그램을 가게 됐을 때 그들의 입장에서 궁금해할 것 같은 질문들을 모두 취합해 자문자답 형식으로 발표했다. 특히, 해외 인턴을 다녀와 본 입장이 아닌 아직 다녀와 보지 않은 사람의 입장에서 생각하고 속 시원히 알려주는 것이 중요하다고 생각했다. 또한, 이 모든 걸 알고도 새로운 것에 도전하는 것을 두려워하는 사람들에게 도움의 말을 전하고 싶었다. 앞에서도 여러 번 언급했던 부분이지만 가장 중요한 것은 무엇이든 배우고자 하는 자세와 스스로 끊임없이 시도하고 도전하려는 의지라고 생각한다. 내가 스무 살 새내기일 때 보았던 선배의 귀국 보고회에서 선배님은 인턴 프로그램이 자기 인생의 터닝포인트가 되었다고 하셨는데, 나 또한 그리스에서의 생활이 내 인생의 터닝포인트가 되어주었다. 이 책을 읽는 사람들에게도 부디 나의 경험과 이야기들이 작게나마 도움이 되었으면 좋겠고 인생의 터닝포인트를 맞이할 수 있게 되기를 희망한다.

아테네 아크로폴리스 야경